先独立，后爱人

鸟老师 著

北京时代华文书局

图书在版编目（CIP）数据

先独立，后爱人 / 鸟老师著 . -- 北京：北京时代华文书局，2020.9
ISBN 978-7-5699-3901-9

Ⅰ．①先… Ⅱ．①鸟… Ⅲ．①随笔－作品集－中国－当代 Ⅳ．① I267.1

中国版本图书馆 CIP 数据核字（2020）第 175267 号

先独立，后爱人
XIAN DULI, HOU AI REN

著　　者	鸟老师
出版人	陈涛
选题策划	田晓辰
责任编辑	田晓辰　郭丽丽
责任校对	张彦翔
装帧设计	程慧　段文辉
责任印制	訾敬

出版发行	北京时代华文书局 http://www.bjsdsj.com.cn
	北京市东城区安定门外大街 138 号皇城国际大厦 A 座 8 楼
	邮编：100011　电话：010-64267120　64267397
印　　刷	三河市嘉科万达彩色印刷有限公司　电话：0316-3156777
	（如发现印装质量问题，请与印刷厂联系调换）
开　　本	880mm×1230mm　1/32　印　张 | 7　字　数 | 187 千字
版　　次	2020 年 12 月第 1 版　印　次 | 2020 年 12 月第 1 次印刷
书　　号	ISBN 978-7-5699-3901-9
定　　价	48.00 元

版权所有，侵权必究

/ 最

美好的爱情,
是我们相互喂面包,
也相互给爱意。

/对

你未说出口的"喜欢你",都藏在每天的"晚安"里。

/爱

情不只有发糖,
破碎也正常。

/只要你肯迈出改变的一步,人生就没有太晚的开始

序言 其实，我也离过婚

2012年，32岁那年的夏天，我带着儿子离开了那个家。

凑够了首付，贷了款，我买了一套老旧的小房子，当时，我的口袋里还剩几十块钱。我没空整理离婚后的心情，就一头撞进了生活的柴米油盐里。

我第一次感受到没钱的恐慌，是在某一天早上，刺眼的阳光从窗帘的缝隙里挤进来，我睁开眼睛，脑子里迅速计算着我每天要还多少贷款，84块钱。而我的工资，是每天120块钱。这剩余的几十块钱，就是我和儿子一天的生活费，我得精打细算着用这些钱换取最大的利益。

我来不及哀伤，来不及哭泣，就切实地感受到生活的窘迫，经济紧张，捉襟见肘。我就像一个旅人，在大风大雨里艰难地跋涉前行，肩上扛着生活的重担，一手拉着儿子，一手在给儿子打伞。

可是，我面临的考验，不仅仅是生活的磨砺。

等到开学上班之后，身处人群之中，我突然感觉到莫名的恐慌，常常陷入自我责难和自我否定里。

我羞于告诉别人，我离婚了。

我也不希望别人知道,我离婚了。

那时的我,到底还是没想通:我不优秀吗?我这个人很差劲吗?为什么我会把日子过成这样?我把自己看得非常低,觉得自己孤苦无依,一个女人,一个单身妈妈,独自带着儿子生活,将来会怎么样?

每一天,我都忙得像陀螺,高速旋转。我上完课要改作业,回家要洗衣做饭,要照顾儿子,每天忙得脚不沾地。

我惊讶地发现,我学会了统筹安排,生活也激发了我的潜能,我可以把细碎繁杂的日常安排得有条不紊。

那时候,所有人对我的印象都是说话快、走路快、做事快,风风火火,干什么都像打仗似的。

我还想尽办法挣钱——

在网站上答题,答对一题赚五毛钱、一块钱。

在夜深人静时,一字一句写文章,四处投稿赚取稿费。

帮有需求的人写微信公众号文章。

帮别人编辑书籍、撰写书稿、编纂教材。

寒暑假,在闺蜜的培训班里帮忙。

我在世俗里摸爬滚打,我弯下腰在地里刨食。我凭自己的本事挣钱,日子虽忙虽苦,但是,独立自由,安宁踏实。

我向来认为,一个人生活并不孤独,两个不合拍的人在一起生活,那才是真的孤独。

我在不长的时间内,调整了自己的心态,接受了自己已经离婚的事实，而且，我开始享受离婚后的日子，尽量把日子过得不那么粗糙。

我一直坚持每天阅读书籍。

我一直坚持写文章的习惯，工作再忙，我也会保证两天写出一篇文章。

我开了一个公众号，把兴趣做成事业。

我学会了很多菜的做法，我知道菜市场上的蔬菜价格，和菜市场的商贩成了朋友。

我养了花花草草，虽然不是名贵的品种，但易于侍弄。

我陪孩子一起锻炼，一起学习，和孩子成为朋友。

我用半年的时间减肥成功，从120斤减到98斤。

我积极锻炼，热爱长跑，参加马拉松，生活自律。

走着走着，半生已过，但我觉得自己依旧年轻。

这是我的第一本书，我把"我的前半生"讲述给大家听，不是卖惨，也不是标榜。我从来不感谢离婚，不会感谢伤害我的人，也不会感激生活带给我的所有刁难。我只感谢，一直努力的自己，一直拼命往前走的自己。我们都要相信，路会越走越宽广，越走越稳当。

这篇文章，写给自己。

以后的我，不念过往，不惧将来。往事不回头，余生不将就。

这篇文章，也写给正在阅读的你。

愿你学会独立，能爱人，更爱自己。

目 录
CONTENTS

1/6 爱别人之前,请先学会爱自己

当你控制了体重,你就控制了人生
002

把自己打扮漂亮,是了不起的才华
009

30岁以后,我还没结婚,可那又怎样
014

爱情要有,面包也要有
018

别傻了,他的喜欢不是爱
023

姑娘,你别急,你不会一辈子孤单的
028

有些人一旦错过,真是谢天谢地
034

2/6
我不是没人要，而是没遇到

撩你，不等于爱你
040

爱情不只有发糖，破碎也正常
045

既然分手了，就别再怀念
051

负行独行，未来可期
057

那一刻，我的心融化了，就归他了
062

我对你的喜欢，藏在每天的"晚安"里
067

3/6
认同的关系，磨合的婚姻

"结婚以后，你愿意陪我一起吃苦吗？"
"我不愿意。"
072

眼里有光，彼此欣赏
078

大方花钱，是爱情给你的底气
084

好的婚姻，离不开好好说话
089

哪怕是一家人，相处也要有分寸
093

遭遇家暴，这不幸的婚姻
098

学会给婚姻"放个假"
103

4/6
滋养幸福，不妨从陪伴开始

愿有人与你共黄昏，有人问你粥可温
110

久伴，是最深情的告白
116

有一种温暖，叫作"老夫老妻"
120

吵不散，骂不走，那才是真爱
126

爱你，才会给你
132

一家人之间，有话要直说
138

5/6 女人的独立，就是生活的底气

遇到"妈宝男"，请绕道走
146

结了婚的女人，一定要有点钱
150

经济不独立，你在家里哪有底气
154

远离心穷的男人
159

听说你离婚了，恭喜啊
163

天有乌云，亦有阳光
168

宁当泼妇，不做怨妇
174

6/6 努力的人，运气都不会差

那些小善良，都是照亮生活的一缕缕光
182

到了这个年纪，真的不想委屈自己
187

努力的女人，到底有多酷
193

我不漂亮，那又怎样
200

只要现在开始，一切都不算太迟
206

爱别人之前，
请先学会爱自己

爱自己，是女人一生的必修课。
不念过往，不惧将来，过好每一天，踏踏实实
走好每一步，你会越走越宽广，越走越稳当。

当你控制了体重，你就控制了人生

01

我喜欢的作家王祥夫曾经说过一段话，大意是："人类的残酷乃在于，女性的文凭似乎就是挂在脸上，漂亮的脸就是大专毕业生乃至博士生，不怎么漂亮的脸也可以是专科生，如果长得丑陋，那她无论怎么努力也拿不到小学毕业证书。"这句话令人气愤，但却不无道理。

而我，就是那个从小到大长得都不怎么漂亮的姑娘。一直以来，当别人夸我时，用的词汇都是"聪明""善良""有才"，反正不会跟"美丽"挂钩，和容貌有关的夸奖最多是"发质还挺好的""腿挺长的"，再无其他。

在我走过的人生道路上，作为一个不太好看的姑娘，有时候不得不面对一些事情。

很小的时候，左右邻居就夸我的弟弟长得好看，像女孩子似的，说我就长得有些像男孩子了。这是真的，我的弟弟遗传了我爸的瘦长脸、双眼皮和我妈的小鼻子、小嘴巴，而我遗传了爸妈外貌上的所有缺点。我有时候在想，我爸妈生的第一个孩子应该是试验品，到了我弟弟才是正品。

初中的时候，大家情窦初开，身边的女生有收到小纸条的，有收到情书的，有收到各种礼物的，而我什么都没有收到过。

02

其实,我小时候并不胖,起码小学、初中阶段不胖,甚至算是挺瘦的。初三毕业体检,我的身高是160厘米,体重是96斤,标准吧?只是脑袋大,脸大,像一根巨大的火柴。

我是什么时候开始发胖的呢?

读师范一年级时,我的体重猛然飙升,体积变得庞大,一度升到了120斤。每次体育课上,量身高、称体重都是我的噩梦。毕竟那时是青春期,我很敏感,生怕身边喜欢的男孩子知道我的肥胖指数。因为胖,我几乎不会穿亮颜色的衣服,一般都是黑色和灰色。也不会在发型上特意地修饰,不会用那些亮闪闪的发卡和蝴蝶结,生怕别人说我"丑人多作怪""胖子花样多"。

那时候看武侠片,我就有个秘而不宣的梦想:能够被一个爱我的美男子拦腰抱起来转圈,一边转一边温柔地看我。

等我渐渐长大,我才明白梦想跟现实是有差距的,且不说没有勇武英俊的男子爱上我,就以我的体重,估计也没人敢冒着脱臼的危险尝试,还有我那满脸的痘痘,也没人能做到长久地凝视。

刚刚参加工作,相过亲,对方也是个老师。在双方家长以及媒人的见证下,我跟他机械、客套地见了面。我瞄了他一眼,肯定地判断出,他的个子绝对没我高。隔日,媒人传话,男老师说:"鸟老师看起来挺朴实的,挺适合过日子的,谈也可以谈……只是,能不能让她减减肥。"

别问我然后怎么样了,因为没有然后。

之前,我写的一篇文章火了,连《人民日报》也转载了,本地电视台便来学校采访我。我本意是拒绝的,但架不住校长再三劝说,于是便接受了采访。我知道我的脸大,上镜的话,形象很是吃亏。但我万万没想到,竟然会难看到变形的地步,电视上,我的脸几乎是现实中的两倍宽了，连我妈都说："怎么胖成这样了？"

采访一播出，我收到了很多"有福相""有才华"的赞美。我知道，这是对"胖"的比较体面的说法。但也有人不给我体面，我到今天都记得，在一个群里，一个叫"海"的男人尽情地拿我的胖开玩笑，说什么面如满月，胖到变形。

我一直拙于言，又苦于真有短板，不好意思反驳。我若生气，这个男人一定会指责我"太在意自己的形象""竟然还有偶像包袱"，等等。总之，话都是他说的，怎么说他都有理。可事实上，他自己还是一个200多斤的大胖子。

你看，就是这么不公平。

03

那些说"心灵美，才是真的美"的鸡汤，你要是相信那就太天真了。心灵固然要美，但并不是每个人都愿意透过不好看的皮囊，去碰撞你有趣的灵魂。

我后来悟出一个道理：容貌估计改变不了啦，我也没那么多钱去整容，相比较而言，瘦身比整容容易得多了。假如脸蛋不够漂亮的话，那就在减肥上下功夫。

在我深感"胖"这个标签会在我的人生道路上起到很多负面作用后，我便下决心去减肥。不过，决心有，行动有，可我减肥的效果几乎没有。

下面细数我减肥走过的弯路，以及掉过的坑：

都说管住嘴、迈开腿，但我大多是从嘴上下功夫，进行节食，少吃，不吃，硬生生地饿着自己。一家人在桌前大快朵颐，而我只能在旁边啃苹果，口水直流三千尺。

终于有一天，我饿到头昏眼花、四肢无力的时候，实在忍不住了，拿起家里的蛋糕、火腿肠，一个接一个，一根接一根……终于吃饱了，恢复了元气。

后来，我就想一日三餐都不吃是不行的，干脆，早饭、午饭正常吃，晚饭不吃，也就是过午不食的减肥法。那个滋味啊，不吃晚饭，长夜漫漫，肚子饿得咕咕叫，恨不得冲出房间把冰箱吃掉。我忍了又忍。一个星期之后，我一称体重，仍是没有任何的变化。我觉得一周的努力都白费了，深夜饥饿的煎熬全都付诸东流。

后来，有美容院的朋友神秘兮兮地给我推荐某减肥药，说是天然的、健康的，不运动、不节食，没有任何副作用。我如获至宝，花大价钱买来，按说明书服用。结果，我上班精神恍惚，晚上失眠多梦，心跳加快。我甚至能听到心脏在"扑通、扑通"地跳的声音，仿佛要从嗓子眼里蹦出来似的。我吓得不敢吃了。

就从那时候，我开始放弃减肥，还劝慰自己：胖就胖呗，干吗折腾自己？健康最重要。从此减肥是路人。

04

后来有一次，我去医院体检，身体的多项数据都不达标，我的健康亮起了红灯。医生也告诉我该减肥了。我开始正视自己腰间的赘肉，肥厚的臂膀，正视自己飙升的内脏脂肪。我下决心，一定要在39岁这一年减肥成功。我找来许多减肥的资料，综合处理信息，制定适合自己的减肥方案。

我反对节食，反对饿肚子。节食不会让人瘦，相反，还会让人更肥胖。最关键的是，就算靠不吃饭减轻了体重，等恢复了饮食，会很快反弹回来，甚至更胖。

我明白了，只要吃对了食物，哪怕不运动，也会让人瘦下来。

我的一日三餐，准点吃饭。只不过，我把我喜欢的米面等食物，放在早上吃，直到吃饱为止。中午，我跟家人一起吃饭，他们吃什么，我就吃什么。只不过，我有意识地少吃猪肉、羊肉，多吃鱼、虾、鸡肉等，蔬菜随便吃。当然了，我家的厨房是我负责，在做菜的时候，我会注意烹调方式，控油控盐。午饭我不会吃撑，只吃八分饱即可。最重要的是晚饭，我在晚饭时绝对不碰米面等精细碳水，一般以蛋白、蔬菜、粗粮为主。晚上7点之前，我会结束晚饭，之后不会吃任何东西。

说得简单点，我一天的食物安排是这样的：早碳水，午蛋白，晚蔬菜。还要戒零食、油炸食品、垃圾食品、奶茶、夜宵。我每天早上起床会喝一大杯温开水，白天的饮料就是绿茶，绿茶不仅没热量，而且我认为对排便也有好处。

所以说，好好吃饭，真的可以瘦下来。

05

俗话说：管住嘴，迈开腿。这句话虽然是老生常谈，但绝对有道理。饮食和运动必须同时进行，减肥的效果才最佳。

于是，我试着去跑步。

我被一个好友拉进了一个跑步群，群里全是跑步爱好者。当时我就感慨：这人呀，总得有点兴趣爱好。有人喜欢读书，有人喜欢喝酒，有人喜欢打麻将，有人喜欢跑步……我佩服他们的自律，把跑步当作生活的一部分，像吃饭、睡觉一样正常，每天都坚持打卡。

之后的每天晚上，我换上运动鞋，跑去体育场，果真碰到了不少跑友，我跟着他们有节律地迈步、呼吸，我忽然间有了前所未有的畅快和自信。

我一直坚持着，从1公里，跑到3公里，再跑到5公里，再跑到8公里……每次我发现自己跑得更远的时候，我都觉得不可思议：这是我吗？这是那个从不运动的我吗？这是那个连800米都跑不下来的我吗？原来我也可以跑！真的成就感满满！跑步，真的是一项可以发现自我、挖掘自我、挑战自我、突破自我的运动。

你要问我跑步的收获是什么？

我不会讲大道理。我只能说，我的腰腹部紧实了，线条出来了，人也瘦了好多。而且，身体状态好了不少，肩膀、背部再也没有疼过，我的颈椎病也没复发过。在跑步的过程中，我彻底放空了自我。那一刻，我不是老师，不是妈妈，不是公众号作者。我不需要思考、备讲、改辅，不需要考虑油盐酱醋，不需要构思起承转合。

我属于跑道，属于清风，属于自己。

06

除了调整饮食和适量运动之外，我还要补充几个减肥的小窍门，是我自己总结出来的一点干货，希望对你有用：

1. 吃完饭，别忙着坐下、躺下。我在饭后半小时之内，一定是站着的，而且，我会靠墙站10分钟。靠墙站，背部、腿部紧贴在墙面上。别看不起这个小动作，它真的可以帮你减去小肚子。你也可以5分钟一次，分两次做，中间休息30秒。

2. 吃完晚饭，我会立刻刷牙，口腔清新，这样的话，一直到睡前，我都不愿意再吃东西了。哪怕孩子在吃零食，我再馋，也不会去吃。潜意识里，我告诉自己：我都刷牙了，不吃了。

3. 吃慢一点，嚼碎一点。还有，吃饭时别追剧，追剧的后果就是你在不知不觉中吃下更多的东西。

4. 想吃垃圾食品的时候，就立刻站起来，去阳台看看风景，或者听听音乐，让自己冷静下来。

5. 时刻保持"我要动一动"的警惕性。我陪孩子一起看书，每隔20分钟，我会站起来走一走。做饭的时候，锅里炖着汤，我就在厨房用弹力带进行肩背运动。

6. 运动时，挑一首很燃的音乐，会让你感到兴奋，充满动力。

7. 运动出汗之后，去洗个澡，敷个面膜，那感觉实在是太舒服了，仿佛处处桃花开。

8. 减肥药没用！减肥药没用！减肥药没用！别浪费钱糟蹋自己的身体。

9. 将目标细化，把"我每天要运动"变成"我今天要跑步3公里，我要跳绳1000个，我要开合跳100个，我要靠墙站15分钟"。

10. 记得每天照镜子，夸一夸自己。减肥、塑形很不容易，学会赞美自己、欣赏自己，会成为继续坚持下去的动力。放弃不难，但坚持下去更酷。

07

我用了半年的时间，从120斤的胖子变成了98斤的瘦子。瘦下来的感觉真好啊，人不但会变得轻盈、自信，顺带着连气质也会变。减肥、自律，会让你遇见更健康、更美好的自己。如果你无法接受肥胖的自己，那就快快改变。当你真的瘦下来之后，你会热泪盈眶，你会感激那个拼命的自己。

总有人要瘦的，为什么不能是你呢？

每一个减肥成功的人，都是狠角色。当你控制了自己的体重，也就意味着，你可能控制了自己的人生。

把自己打扮漂亮，是了不起的才华

01

女友栗子告诉了我一件悲催的事情。

周六早上，栗子睡了个懒觉，直到10点半才悠然地醒来，拿起手机，看见好友发消息过来说中午请她吃火锅。

栗子刚好肚子饿，一看有人请客，连忙爬下床，胡乱地洗了把脸，随便套了件大T恤就出门了。

到了火锅店，大家张罗着点菜，好不热闹。

正吃得开心时，栗子无意间一抬头，发现有个人进店了，定睛一看，正是她前男友！

想来分手已快半年，分手时两人还闹得不怎么愉快。

他也来吃火锅，身边还跟着一个姑娘，应该是他的新女友。年轻的面容，衣袂飘飘，略施粉黛，巧笑嫣然。

相比之下，栗子的形象就"朴素"了，素面朝天，头发没洗，衣衫也没那么精致，就是以这样的面貌出现在往日深爱的人面前。

两个女生一对比，起码栗子在形象上就差了一大截。

以我对栗子性格的了解，可想而知她当时的心情，如冷冷的冰雨在脸上胡乱地拍，差点错乱。

很明显，前男友也看到栗子了，眼神骗不了人。可栗子多么希望前男友没看到她啊！用句小学作文里的金句形容栗子，那就是"恨不得挖个地洞钻进去"。

栗子想死的心都有了。

造化弄人，偏偏在自己"朴素"的时候遇见了最不想见到的人。

谁愿意碰到前男友啊？可是如果真碰到了，女生的小心思：谁不希望自己以妩媚动人、光彩照人的形象出现在他面前证明自己依然过得很好？

栗子郁闷不已，她告诉我说："偏偏那天我没修饰自己，也没化妆，看到我那副不修边幅的样子，他会不会以为我没了他过得很潦倒啊？"

女生有一种出丑，叫作"不修边幅却遇到前男友"。

栗子说，她要吸取教训，以后哪怕下楼倒垃圾，她也要涂脂抹粉，一定要时刻保持形象，说不定会遇到旧情人或新仇人呢？

正所谓输人不输阵嘛！

就算日子过得再怎么苦，再怎么不尽如人意，我们呈现在这个世界上的姿态也要光鲜亮丽。

02

当然，女人要漂亮，绝不是为了给前男友看。

其实，让自己变得漂亮，是给自己的力所能及的礼物。毕竟你是自己生命里唯一的女主角啊！

记得初出校门，走上工作岗位时，苏苏跟我一起进了同一所学校。都是二十左右的年纪，都是拿着同一份工资，都年轻，都没钱。

那时的我，不知化妆为何物，穿衣打扮没个章法，要么老气横秋，要么低龄幼稚。

可是，苏苏给人的感觉却不一样，她总把自己收拾得很干净，看起来漂亮大方。当我还是扎着马尾辫的时候，她已经把长长的头发烫成了大波浪，恰到好处地披在肩上。当我只用无色的润唇膏时，她已经懂得随身带着不同颜色的口红便于改变气色。她的眉毛修得符合她的脸型，整个人显得越发眉清目秀。

学校开运动会时，她身穿一套简单、青春的运动装，跳动的橙色很衬她白皙的皮肤。

我还记得她上公开课时，着藕粉色的衬衫，下摆被扎进黑色的A字裙里，凸显她玲珑的腰身，亮闪闪的小高跟鞋上没有一丝灰尘。就这一身知性自信的打扮，已经给了后面听课的老师良好的印象分。

双休日的时候，我们一起逛街。她经常带我逛服装店，就算是平价小店，她也会教我如何选择性价比高的衣衫。

我当时心里不是特别认同她：教师的工资并不高，何必在打扮自己上花费太多金钱呢？再说了，平时我们只是在一帮小学生面前上上课而已，谁会格外在乎我们的打扮？

后来有一天，苏苏跟我说："也许我们还年轻，没有多少钱，没有房子，没有男友，但是起码我有一个最好的自己。看着镜子里打扮漂亮的自己，我会更加好好对待自己、对待生活。尽管现在一无所有，至少我有一个美丽的姿态。这个姿态，足以让我充满自信地面对我的未来。"

听了苏苏的话，我恍然大悟。

只有认真对待自己的人，才会认真对待生活，认真对待世界。一个能把自己打扮漂亮的人，一般情况下，她做什么事都会很漂亮，因为把自己打扮漂亮，本身就是一种了不起的才华。

女人漂亮地活着，是一种生活的姿态。

03

小楠是我发小,一年前老公出轨,她毅然离婚,她用手上为数不多的存款付了首付,贷款买了套房子,独自抚养刚上幼儿园小班的女儿。

当我再见到她时,不禁暗生佩服。

在平常的印象中,一个离异带孩子的女人,她的日子总归是有些艰难的,无论是物质还是精神。但是,小楠却没有我想象中的邋里邋遢、一蹶不振。

相反,眼前的小楠容光焕发,人显得格外精神,甚至看起来比同龄人还要年轻几岁。

她正在给女儿讲一个绘本故事,声音是一如既往的温柔,粉白的上衣跟她女儿粉色的连衣裙相互映衬,相得益彰,真是一对母女花。

小楠告诉我,就算下午四点去超市买当天打折的蔬菜水果,就算只是出门半个小时就回来,她也一定会穿搭好衣服、化好妆。

"我要漂亮地活下去,就算之前遇人不淑,我也不能亏待自己,也不能失去爱人的能力。"小楠说。

女人爱漂亮,不是为了取悦谁,只是为了活成更好的自己。把自己收拾漂亮,是一种能力,是对生活不放弃的表现,是对未来充满希望。

女人为什么要漂亮?为了自尊。有句话我不记得出处了,大意是:时尚的价值就是让你在人生中最糟糕的时候也能自我感觉良好,这是一个人修养和教养的一部分。

就算遭遇坎坷,背负难言的委屈,咽下难啃的骨头,也要认真地、精致地、持之以恒地、体面地过一生。

无论什么境地,都保持漂亮的女人,她所展示的是内心的坚持和强大。

"而且,作为一个妈妈,保持得体的妆容和良好的精神面貌,尊重自己，尊重他人，也是在无声地教育孩子、感染孩子。"小楠看着女儿对我说。

是啊，妈妈会打扮，代表一个女人对生活的态度和审美的品位，无形中，也让孩子学会善待自己，热爱生活。

保持美，是一种习惯，一种态度，一种修养。

04

记得以前大热的韩剧《来自星星的你》中，千颂伊有段时间遭公司雪藏，但是她到公司签合同时，着一身气场强大的黑衣，穿一双精致的高跟鞋，戴一副超酷的大墨镜，给公司的高层带来了一定的压力，感觉她随时可以东山再起，不容小觑。

索菲亚·罗兰曾说过："女人的衣服应该如同一条带刺的栅栏，既能展现她们外在的风情，又能保护好内里的无限风景。"

把自己打扮得漂亮，其实也隐含着一种"将自己的人生经营成什么样子"的能量。

在别人看来，你的形象是什么，就是在传达什么。在职场上，在社交上，你的形象不仅仅是展示自己的美丽，它也代表着你愿意带给别人什么样的印象，从而决定在别人眼中，你是有价值的还是没有价值的。

30岁以后，我还没结婚，可那又怎样

01

一个小姑娘给我留言：我是别人眼里的大龄剩女，感觉日子过得毫无意义。

说实话，我见不得我的读者有这种消极的想法，便给她回复了我的微信号，她加我好友之后，我们在微信里聊了起来。

她叫小梦，"80后"，在周围的人看来，她是一个名副其实的大龄剩女。她说自认长相不算丑，也有一份稳定的工作，可就是感情不顺。

在"00后"都开始谈情说爱的今天，小梦还没有男友，不得不说悲催。

其实，小梦参加工作不久时，也谈过一个男友，他们谈了一年多。就在谈婚论嫁之前，她无意中发现男友劈腿了，同时跟多个女人保持着不正当的暧昧关系。

小梦觉得她可以不计较对方有没有房子、能不能赚大钱，她也可以忍受每天为他端茶递水、铺床叠被，却无法接受这个男人悄无声息的背叛，于是她果断分手。

在分手之前，小梦的爸爸妈妈还表示反对，他们对小梦说："又没抓到实锤，男人嘛，经常聊不正经的内容很正常。"

言下之意，让小梦把苦水咽到肚子里去。万一错过了，找不到比他更好的男人怎么办？

可小梦坚持要分手，人品差、不专一的男人她坚决不要。

分手之后，小梦也相亲过几次，可是由于各种各样的原因，都没能遇上心仪的对象。随着年龄的增长，小梦的日子也越来越难过。

02

在公司里，小梦经常成为同事们消遣的对象。很多同事跟小梦说的话，真的很难听：

"你都这么大年龄了，怎么还没人要……"

"现在的姑娘，谈个对象真费事，不知道要挑怎样的男人……"

"姐是过来人，劝你一句，女人啊，过了30岁，就没人要了……"

这些话把小梦气得要哭，却不能哭，不能生气，不能着急。她若是生气了，同事们又会在背后嘀咕：大龄剩女性格怪异，太敏感，太极端，不好惹。最后得出结论：脾气这么差，怪不得找不到男友。

听到这些话，小梦伤心极了！

然而，最让小梦难过的是她的爸爸妈妈。他们每天都在饭桌上嘀咕，谁家的姑娘钓了个金龟婿，谁家的闺女嫁了个好人家……

一番夸张的、带着羡慕的描述之后，总以"你再看看你，这么大个人，还嫁不出去"来收尾。

周末放假，小梦想在家休息，结果她爸妈又会说出各种难听的话：

"放假不去找对象，一个人待在家里干什么？"

"自己一个优点也没有，还看不上别人，你有什么资格挑别人？"

"有人看上你就是万幸了，还不快点抓住机会，随便找一个结了算了。"

小梦无助地问我：大龄剩女在他们眼里，是不是比杀人犯的罪孽还深重？

03

听完小梦的话,我火冒三丈。

都什么年代了,还有"女孩子过了30岁就不值钱了"的言论?把女性和钱联系在一起,这就是在物化女性啊!

难道大龄女性就没资格被爱,没资格追求自己想要的感情?

我真心不觉得那些爱八卦的同事们比小梦金贵。

我想,她们的婚姻,也许有停不下来的婆媳之争,有无法平等相处的夫妻之道,有钩心斗角的姊娌之战,她们的烦心事一点都不比小梦少。当她们披上结婚的外衣时,就觉得有资格向外人展现一个"真理"——有了婚姻,生活就会变得甜美起来。

而没嫁人是"小梦们"显而易见的软肋,所以她们忽略了生活给予自己的刁难,转而把矛头一致对准"小梦们"。

凭什么?

就因为她们是在30岁之前结婚生子?

就因为她们是在自己最值钱的年龄把自己嫁出去了?

所以,可以理直气壮地鄙视大龄的"小梦们",成为封建陋习的帮凶?

04

我并不是说结婚的人一定不幸福,而没结婚的人一定幸福。我只想说,生而为人,各有各的不容易,相煎何太急?

你看春天里的花朵,被春风一吹,极尽绽放,妖娆多姿。可这并不是因为春风一声令下:"时间到了啊,大家一起开花!"花开,有它的时间,或早或晚;有它的花期,或长或短,各不相同。

那么,结婚也一样,谁规定女性一定要在多少岁之前结婚?否则,天理不容？

女人，不是超市里的大白菜，不是让人挑挑拣拣的物品。女人是独立的自我，不需要依附婚姻和男人来体现自己的价值。不管是男人还是女人，都要活出自己的价值。

所谓"值钱"，是要看你是个什么样的人。

如果你有气质、有内涵、有素养，即使到了80岁，你一样风情万种、光芒四射。

如果你是个没阅历、没深度、没涵养的人，即使你现在是18岁妙龄，那也让人喜欢不起来。

05

结婚，是找到了要结婚的感情，而不是到了要结婚的年龄。

生活是没有模板的，生活是不可复制的。

在缘分没到的日子里，你要刻苦读书，谦卑做人，不断地提升自己，不为任何人，只为自己。养得深根，日后才能枝繁叶茂。

自己喜欢的日子，就是最美的日子。适合自己的活法，就是最好的活法。旁人没有理由看轻你，你也没必要看轻自己。

你也不要对感情和婚姻不抱希望，你要相信，那个正确的人正在前方不远处等你，你要有点耐心。等待有时候是徒劳的，但在更多的时候，等待是非常有必要的。

另外，我想说，"大龄剩女"这个词是我十分反感的一个词。什么是"剩"？被谁"剩"？这是错误的说法，所以，我告诉小梦，当有人再对你说"女孩子过了30岁就不值钱了"的时候，你不必理会他。

30岁咋啦？本姑娘的日子滋润着呢！

爱情要有，面包也要有

01

姑娘，当你说"面包我有，你给我爱情就好"的时候，你是好姑娘，又是傻姑娘。

姑娘，你要知道——面包，你可以不要，但他不能不给。一个连面包都不给你的男人，他也给不了你爱情。

表妹甜甜经人介绍，认识一个男孩子，两个人一见钟情，最近几个月在谈恋爱。对方是工科男，从事着一份不错的工作，相应地，薪水也自然不菲。

我这么说，不是为了强调对方的物质条件可观，事实上，甜甜家的条件更优渥些，家里车房俱备，她的爸爸妈妈早就给宝贝女儿备好了一份丰厚的嫁妆。

据甜甜说，男友对她很上心，每天微信嘀嘀地响个不停，电话也是不断。下雨了、天凉了、夜深了，男友都会嘘寒问暖，叮嘱甜甜照顾好自己，言语里满是关爱，两个人一直比较甜蜜。

但总有让甜甜心里不舒服的地方，男友无法理解她的购物欲：

甜甜想买一支唇膏，男友说："你又不是没有唇膏，用得着再买吗？"

甜甜看中了一双鞋子，男友说："你个子那么高，穿着高跟鞋更像踩高跷,再说这个牌子的鞋子值这么多钱吗?"

甜甜想买条裙子,男友说:"快冬天了,穿什么裙子?"

甜甜很是无语,因为说这些话的前提是——无论是唇膏、鞋子,还是裙子,价格都在他俩能承受范围之内,况且甜甜一直都没打算让男友付账。

天气凉了,一天晚上,甜甜跟男友说:"走吧,咱们去喝奶茶,吃甜品。"

本来是一件开开心心的事,但男友语重心长地对甜甜说:"我还是喜欢你朴素的样子,你这样太追求物质,太虚荣了。"

甜甜就纳闷了,一份甜品和一杯奶茶不过二三十块钱,怎么就上升到物质、虚荣的层面了?

细想起来,除了第一次见面,男友送了自己一小盒玫瑰肥皂花之外,好像至今没送过其他礼物。

甜甜生日快到了,男友事先跟甜甜说明:"我这个人从来不在乎什么节日。"

言下之意是告诉甜甜,要在一切让女生有所期待的节日里死了心,别指望他会带来什么惊喜。

甜甜感到很是委屈,但她又无从反驳。

02

好在甜甜在钱方面向来不怎么计较,唇膏可以自己买,鞋子可以自己买,裙子可以自己买。

当然,生日宴也可以自己办。

甜甜的生日宴是在一家酒店的包厢里举行的,表兄弟姐妹都到齐了,甜甜的几个闺蜜也在,当然还有甜甜的男友,整个过程都非常愉快。

在我们面前，男友拍着胸脯连连表示要一辈子对甜甜好，掏心掏肺的好！

甜甜依偎在男友身旁，羞涩地笑了。

聚会快结束的时候，我溜出去上厕所，却惊讶地发现甜甜一个人正在前台结账，当时我就愣住了。

因为在刚才的酒桌上，甜甜男友的言语和举动让所有人都以为这桌饭是他请的，包括我。

我问甜甜这桌生日宴到底是谁请的，甜甜承认是自掏腰包，她天真地觉得管他谁请，他对我好不就行了。

甜甜俏皮地对我眨眨眼睛说："表姐，面包我自己有，他给我爱情就好了呀！"

我觉得甜甜太傻。

03

男人和女人之间的感情，虽说不是用金钱可以衡量的，但是可以用他为你花钱的态度衡量。

我最讨厌男人一方面想占据一个女孩子所有的情感，一方面却要求女孩子独立自强。

嘴上说爱你，心里却在算计着为你买一块解馋的面包、一支喜欢的唇膏的消费值不值。这样的人，你说他是爱你的吗？

虽然他有甜言蜜语，他会嘘寒问暖，但是，这样只花流量的体贴和只费口舌的爱意实在是太廉价了，还不如一份甜点来得温暖而实在。

有些人也许会说了：一份甜点不贵，一顿生日宴也花不了多少钱，自己付钱不行吗？

对于这样的问题，我只能奉还给你一个白眼。我能请得起一顿饭，但我还是想让你给我过生日，因为你是我男友，我把你放在我未来的人生规划里，我想要被你重视的感觉。

04

我让甜甜留个心眼，想一下这样的男友值不值得托付。

没多久的一天晚上，甜甜哭着给我打电话，说她跟男友分手了。

事情发生得很偶然，两个人在一起的时候，甜甜的手机没电了，便拿男友的手机玩"贪吃蛇"游戏，游戏音乐嘈杂，就设了静音。玩得正带劲的时候，手机屏幕上方显示一条微信消息，只有昵称，没有内容，这应该是男友设置的不在屏幕显示微信内容。

按甜甜的性格，是不会查看男友手机的，但甜甜瞥了一眼昵称，是个很"卡哇伊"的名字，便断定是女的，而男友也没发现有消息进来。那一刻，甜甜邪恶了一下，她顺手点开了微信，上面显示：手机收到啦，很好用，谢谢亲爱的。

一瞬间，甜甜变了脸色，男友一看不对劲，一把夺过手机，删除信息，接着反咬甜甜不该偷看他的信息，怪甜甜不尊重他。然后强调这个女的是前女友，分手之前答应送她苹果7手机的，他要说到做到。现在跟她已经没关系了。不就是一个手机，你计较什么？

甜甜冷笑了。

亲眼所见，加之以前的那些事情，眼前的这个人，甜甜再也不肯相信了，于是果断提出分手，任对方怎么央求也不肯复合。

甜甜只要爱情，不要面包，最后得到了什么？

遭遇背叛，不被珍惜。

面包自己有，那爱情别人给了吗？

她只是谈了一场糟糕的恋爱——既没物质，又没爱情。

05

爱情和面包从来都不是对立面。

爱一个人，本来就会不由自主地想给对方最好的东西。

有一句话简单粗暴却不无道理：愿意给你钱花的人不一定爱你，而不愿意为你花钱的人，他一定没那么爱你。

将来如果生活在一起，柴米油盐你操心，孩子的学费你去挣，老人的健康你担心，买条花裙子都要被他数落半天，每天就是算计如何省吃俭用，你只是他的带薪保姆和免费帮佣，这样的日子你愿意过吗？

"面包我自己有，你给我爱情就好"，这句话是很善良，却又傻到极致，尤其是向自己的男友表明的时候。

珍惜你的男友，全心全意地爱着你的男友，听到这句话，一定心疼得不行，怎么舍得不给你面包？

不真心待你的男人，会把你说的这句话奉为你们两人相处的原则和信条，这样的傻姑娘哪里找？

任何一份好的感情，都应该是情感和物质的结合，在感情中追求物质，在物质中深化感情。因为物质去投身一场恋爱太不值得，但在一份爱情里完全抛却物质也傻得可怜。

这世上，最美好的爱情不过是——我们相互喂面包，也相互给爱意。

别傻了,他的喜欢不是爱

01

一个深夜里,晨曦向我倾诉。

在父母眼里,晨曦一向是个乖巧懂事的女儿,小时候学习好,长大了工作好。除了婚事,基本上其他事情都不需要让父母操心。

晨曦30岁了,在这个小城里,在许多人眼里,她是名副其实的大龄剩女,感情问题还没个着落。

不是晨曦不想相亲,不愿结婚。只是她陷入一段三角感情的泥潭,久久无法自拔。

男人比她大7岁,他们是在一次酒席上认识的,交换名片之后便联系不断。

从试探,到暧昧,再到热恋。

晨曦一开始就知道他有家庭,还有个上幼儿园的儿子,但她拒绝不了对方猛烈的求爱,很快她便沦陷了。

在她眼里,那个在职场上杀伐果断、运筹帷幄的男人,却在她面前像个孩子,这激发了她的母性,让她格外心疼。

他总在晨曦面前感叹生意难做,工作压力大,或者抱怨自己的妻子脾气大、不温柔,不懂得体谅他。他说,只有晨曦才懂他,在晨曦面前,他才能感到安心。

这让晨曦觉得，在对方眼里，自己是那么重要，是那么不可替代。

所以，尽管这段感情秘而不宣，缄口不言，但晨曦心甘情愿地背负着这段感情带来的甜蜜和酸涩。

02

这段见不得光的感情维持快五年了。

每次背着人见面之后，男人总会说："我跟我老婆之间早就没有感情了，总有一天我会跟她离婚娶你的。"

晨曦听了，对他更是死心塌地，感觉未来充满希望。

可是，每当晨曦追问他什么时候离婚的时候，男人都有各种为难的说辞：

"现在是我事业的上升期，在这个节骨眼上离婚，会牵扯我的精力。"

"我的老婆脾气不好，我要找个合适的机会跟她好好谈谈，要不然她什么事都做得出来，闹到你的单位就不好了。"

"我妈最近身体不太好，住院了，我要是谈离婚，这不就是把我妈往死路上逼吗？"

"我的孩子还太小，我不知道该怎样面对我的孩子，你能体谅一个做父亲的心吗？"

晨曦只怪自己爱的男人太善良、太心软。

晨曦告诉我，在这五年里，他们也曾避孕失败过，不小心怀孕一次。尽管晨曦很想要这个孩子，但经不住男人的百般劝说，她还是悄悄去医院做了人流手术。

眼看自己30岁了，从满怀期待到茫然无措，晨曦心里越来越没底，尤其是夜深人静之时，更是百爪挠心。

这段感情该何去何从？

03

我没有直接回答晨曦的问题，而是给她讲了我的一个小学妹的故事。

就叫她可可吧，比我低一届，美术班的，长得确实清纯可人。

师范大学毕业后，家境优渥的可可不甘心当老师拿固定工资，于是，自己成立了一个广告工作室，靠着她爸爸的关系拉了不少资源。

你看，本应该是顺风顺水的人生，可她不知道怎么回事，竟然鬼迷心窍地爱上了一个已婚男人。

那时候可可在QQ上告诉我，那个男人对她有多好，细心、温柔、体贴，简直满足了她对男人的一切幻想。

那个春天，可可从她所在的城市来泰兴，和那个男人一起回了母校。

那天我接待了他们，带他们去学校转了转，又请他们吃饭。

席间，男人对可可呵护有加，给可可挑鱼刺、剥虾壳、倒饮料。临走的时候，也是有礼貌地跟我道别，欢迎我去他们的城市玩，一切由他安排。

晚上，我在QQ上劝告可可，早些离开这个男人，跟他在一起对你没什么好处的。但是可可不听，觉得自己被宠得很幸福。

"他一定会娶我的！"可可自信满满地说。我无奈地摇头。

后来还是出事了。

男人的老婆发现男人出轨了，悄悄地收集了证据，不哭不闹，拟好了离婚协议书要求离婚。那个宠爱可可的男人吓破了胆子，痛哭流涕，跪地求饶，并且找到双方老人帮着说情，乞求老婆原谅，赌咒发誓再也不跟可可来往。

人家老婆不是黄脸婆,虽说比可可大几岁,但保养得当,看起来相当年轻,而且学历高,工作能力强,家世也不差。面对男人的出轨,她拎得非常清,带着孩子果断踹了这个枕边的谎话精、伪君子。

男人基本上是净身出户,他恨透了可可,指责可可破坏他的婚姻。

"要不是你,我怎么会落得这个下场?"男人说。

04

这世上,存在一种令人作呕的男人,他们一边在老婆面前深情款款,承诺一生只爱她一人。一边拈花惹草,对外面的女人献殷勤、表忠心,甚至说出"我会娶你的",给女人画了一张大饼。

这么不着边际的谎话,居然还有女人傻乎乎地相信——

他是真的爱我,他对他老婆没感情。

他一定会娶我的,只是现在还不是时候。

事情一旦暴露,他一定会站在我这边,保护我的。

姑娘,我是说你傻呢,还是傻呢?

当你一个人吃饭的时候,他正和家人其乐融融地共进晚餐;当你辗转反侧睡不着的时候,他正和妻子相拥而眠;当你收到他的礼物欢呼雀跃的时候,他新买的房子只写了他老婆一个人的名字。

你说他真爱你,让他带你在大庭广众之下吃饭、看电影啊,让他离婚啊,让他带你见他的亲朋好友啊!

你有没有想过,一旦事情败露,他拍拍屁股回归家庭,毫发无损。而你呢?该怎么做人?怎么面对父母?怎么面对亲友?

世人对浪子回头宽容,却对破坏别人家庭的小三苛刻。你一个清清白白的大姑娘,为什么要往自己身上泼脏水?

很多出轨男人的心态，是一边享受着家庭和睦的温馨，一边追求着新鲜刺激的快感。

那天晚上，我对晨曦说，他之所以拖着不回家离婚，不是因为他善良心软，是因为他自私贪婪，两个都想要。他能平衡现在的状态，还悠然自得呢！

绝大多数男人不会为了外面的女人破釜沉舟、抛妻弃子、大费周章，这牵扯到事业、家庭、房子、孩子、金钱等方方面面。

成本太高，折腾不起。

我想告诉"晨曦们"，醒醒吧，别傻了，他不爱你，也不会娶你。

姑娘，你别急，你不会一辈子孤单的

01

琳琳是我表妹，之前一直单身，有一天深夜，她问我："姐，你说我会不会孤独终老？"

她还告诉我，她经常一个人去KTV，点一首刘若英的《一辈子的孤单》，一个人默默地唱着："我想我会一直孤单，这一辈子都这么孤单，我想我会一直孤单，这样孤单一辈子……"

琳琳说这首歌特别好听，好像就是为她唱的。但她在别人面前，从来不唱这首歌。"我怕我一唱，别人会觉得我平日看起来特立独行的样子都是伪装的，是在逞强，我怕他们觉得我很可怜。"

琳琳是个温柔善良的姑娘，有一份能把自己养活且养得很好的工作。

琳琳是1988年出生的，属龙，在大城市也许觉得还年轻，但在家里人，也就是我舅舅舅妈眼里，在左邻右舍亲朋好友看来，琳琳属于大龄青年，还没有谈对象，终身大事还没定下来，为这事，舅舅都快急疯了，而舅妈每次看到我，都会抓住我的手拜托又拜托："帮着留意啊！"

说实话，琳琳急不急？也急。怎么自己等待的那个人还不来？看着自己的好朋友、大学同学们先后结婚生子，琳琳其实很羡慕。赴了婚礼一场场，礼金出了一份份，祝福送去一拨又一拨，而自己这里毫无动静。

就像小时候上考场一样，明明没有做好检查，但看到周围的人一个个交卷了，心里也会不由自主地慌张起来。

在这个世上，并不是每个人都能有足够强大的内心和坚定的毅力，来让自己的人生顺其自然。

02

琳琳也不是没谈过恋爱，确切地说之前谈过两个男生。

第一个男生是琳琳的高中同学，关系仅限于QQ好友，彼此一直安安静静地躺在对方的好友名单里，没怎么聊天。两个人本来不在同一个城市，但参加同学聚会时，两个人碰到了一起，互生好感，心里多了些许暧昧，聚会结束后就在QQ上聊得热乎了。

话题从天南海北逐渐扯到家庭、工作、内心情感，措辞从一本正经逐渐变得卿卿我我，甜腻得不行，心理距离越拉越近，两个人的感情逐渐升温，琳琳有了恋爱中的小女人的模样。

后来，两个人去了附近的城市游玩，但在旅游的第一天，两个人就闹得不愉快，男生要开一间房，而琳琳坚持开两个房间。虽然最后还是依着琳琳的意思，但男生一直不高兴。

旅游回来之后，男生对琳琳就不那么热情了，言语上很冷淡。琳琳似乎明白了这个男生跟她接近的真正企图，于是她提出了分手。

03

第二个男生是同事介绍的，两个人在同一个城市，工作单位也离得不远。

小伙子看着还不错，两个人便试着开始交往。男生对琳琳还算上心，嘘寒问暖。下雨了，会接琳琳下班。琳琳感冒了，他会买药送来，并叮嘱她按时吃药。一有时间两个人就见面，吃饭、看电影、逛逛街，跟普通情侣无异。

琳琳呢，她跟我说过，其实对他没有什么特别的感觉，肯定不反感，但也谈不上有多喜欢，跟这个人过一辈子也不是不可以。

后来便见了家长，在订婚彩礼方面没能达成一致，男方的意思是现在还有要彩礼的吗？而我舅舅舅妈认为，不管多少，彩礼还是要的，要了也是让姑娘带到婆家去。但男方家长坚持不出彩礼。

本来琳琳也不在乎有没有彩礼，毕竟这只是个形式而已。只是男生此时的态度让她逐渐凉了心，他一个劲儿地说琳琳不懂事，还要琳琳帮着劝说她的父母不要彩礼。

"难道是卖女儿吗？"

就这句话，让琳琳彻彻底底断了跟他结婚的念头。

说实话，琳琳家庭条件不差，甚至可以说是优越。就这么一个宝贝女儿，我的舅舅舅妈早就为琳琳备好了一份丰厚的嫁妆。

彩礼只是个态度问题。有些矛盾，已经不是钱的问题了。几万块的彩礼，是琳琳几个月的收入而已，对于男生来说也不是什么难事。但男生家里还是拒绝出这份彩礼，说白了，他们没有把琳琳放在心上，琳琳对于他们而言，只是一个要来割点肉的外人。

如果只是男友的父母这样想也就罢了，可就连男友也不停地数落琳琳。这个彩礼事件，让他们分手就在一瞬间。

04

跟这个男生分手之后，琳琳也相过亲，相得还不少，只是没有一个人能让她动心。

经历过两次失败的恋爱之后,琳琳说,她想找一个三观合、能聊到一起的人,再也不想因为年龄大了而将就。

琳琳说,她一个人的时候也挺自由自在,常常体会到独处的乐趣。一个人去吃饭,想吃什么就点什么,不用在意别人的口味。一个人去看电影,可以尽情地沉迷在剧情里。一个人去逛街,不用顾及别人的感受。高兴了,背起包就能来一场说走就走的旅行。

琳琳说,她平时还报了化妆班,学着把自己打扮得美美的。她还办了健身卡,一有时间就去骑单车、游泳。心情好的时候,自己给自己做顿好吃的,犒劳一下自己的胃。

琳琳跟我说过,在自己的婚姻问题没有解决之前,在遇到那个合适的人之前,要先把自己建设好,不断丰富自己的内涵,让自己变得更加自信和美丽,再去与爱情碰撞出自己的火花。

琳琳不是主观上选择单身,只是没有遇到她的缘分。

05

在别人的眼里,一个女孩子,再怎么漂亮,挣再多的钱,过着多么精彩的人生,如果没有一个男人和一张结婚证就算不上一个完整的女人。

琳琳说,让她难过的并不是单身,而是父母亲友的催婚。

每次放假回老家,家人的催婚号角就开始吹响,亲戚朋友积极地安排相亲,有一次琳琳一天相亲了三个男生,从这个茶楼转到那个餐厅,搞得琳琳哭笑不得。虽然不情愿但又不好违拗父母,只好硬着头皮去了。当然,结果无一例外,都是琳琳婉拒了对方。

有人说琳琳太挑剔,差不多就得了。

可是，你嘴里的"差不多"在琳琳眼里真的是"差太多"了啊，一辈子并不短，容不得稀里糊涂，结婚这么重要的事情怎么能将就地选择呢？琳琳说，她不想随便和一个人不咸不淡地过完一生。

是啊，真希望所有的结婚，不是因为年龄大了，不是因为家人催了，而是因为遇到一个正确的人，一个自己一直在等的人，一个可以共度一生的人。

06

就在这个春节期间，琳琳恋爱了。

年前，她的大学同学请她吃饭，一起吃饭的还有同学老公的几个朋友，其中就有这位许先生，靠着琳琳坐着。

许先生后来说，他以前见过有些女孩子吃饭比较矜持，夹着一根黄瓜条轻轻地咬着，而琳琳却大快朵颐，面前的碗碟里，虾壳、骨头一大堆。许先生觉得这个姑娘挺有趣，一点都不装。

当看到琳琳用筷子费力地夹着一个鹌鹑蛋时，许先生连忙用调羹帮了琳琳一把，再接着，有什么好菜上桌了，许先生都会先帮琳琳夹一块。

许先生说，他看到琳琳这么能吃，就算坐在一旁看她吃东西的样子，也能感到特别幸福，就这么喜欢上她了。

他说，跟一个吃饭很满足、很有幸福感的女生结婚过日子，一定会很有意思。

而琳琳呢，觉得眼前的男生特温暖、特踏实，在饭桌上跟他聊天时，发现两个人的共同话题很多，兴趣特别对味，基本上琳琳说什么，他都能接上话题继续说，而且还能聊到深一层的感想。

琳琳说，跟他说话真的是很有意思的一件事，而许先生大概也是这么想的。要不然，怎么在吃饭那天的当晚，许先生跟琳琳语音通话了五个多小时呢？

再后来，两个人便每天说话，每天见面，相见恨晚，热乎得不得了。套用一句歌词就是"才说再见，就开始忍不住想见面"。

07

"就这么恋爱了？"我问琳琳。

"是啊，爱情就是这么简单，猝不及防就会出现，让你在心里惊呼，'对呀！就是这个人呀！'"

所以啊，姑娘，婚姻的事情，一定要有感情作为基础，有感情的婚姻，才有可能经受住一辈子的考验。感情的事，急不来，婚姻的事，勉强不来。

姑娘，你不会一辈子孤单的。你要相信，那个正确的人正在来的路上，准备和你一起走人生余下的路。

你要相信，未来要和你共度一生的那个人，其实在与你相同的时间里，也忍受着同样的孤独，那个人一定也怀着满心的期待，马不停蹄地赶来和你碰面。

爱情只会迟到，它从来不会缺席。

只要最后是你，晚一点也没关系。

所有的事情到最后都会好起来，如果还没好，说明还没到最后。

每个人都有自己的专属爱情，你不要着急，属于你的爱情也许就像快递，正在派送中，等着你亲自签收。

有些人一旦错过，真是谢天谢地

01

周国平曾说："未经失恋，不懂爱情；未经失意，不懂人生。"

栗子姑娘是我的一个读者，前些日子，我跟她闲聊时，她告诉我曾经谈了一场很失败的恋爱。

男友很是大男子主义，他对栗子的要求不少，不许长发披肩，显得不端庄。膝盖以上的裙子不允许穿，否则就是放荡。

恋爱中的女生是盲目的，这些要求，栗子都忍了。

可是，栗子跟朋友吃个饭、唱个歌，男友都会疑神疑鬼，虽然他没有明着说不同意栗子参加，但是会冷言冷语。等栗子回来之后，男友总会跟她冷战几天，栗子得想方设法地哄他开心。

男友控制欲极强，在自己的手机上卫星定位栗子，时刻了解栗子的行踪。

有一次，男友又一次跟栗子冷战，玩消失，不管栗子打多少电话，发多少信息，不管栗子有多着急，他都不回复，后来索性关机。

那天晚上栗子单位聚餐，心情不佳的栗子推辞不掉，跟着同事们一起在饭店吃饭，席间冷不丁地收到男友的信息：你还有心思在公司的聚餐上招蜂引蝶？

栗子说，看到这条信息，觉得这份让她很累很辛苦的感情没必要再进行下去了，自己可以委屈一阵子，但是不想委屈一辈子。

这么一想，栗子突然感觉轻松了。她默默地回复了一条消息：我们分手吧。

男友暴跳如雷，之后发了无数条信息谩骂栗子，什么恶毒的话都说出来了，栗子一边流泪，一边坚信分手的决定是对的。

男友恶狠狠地说："像你这样的女人是得不到幸福的！"

半年以后，栗子认识了现在的男友，非常温和的一个男人，一有时间就陪着栗子，从不让栗子担心。栗子偶尔出去跟朋友聚餐，男友要么陪栗子一起参加，要么准时来饭店接栗子回家。他对栗子有求必应，把栗子宠成了一个小公主。

栗子跟我说："谢天谢地，跟上一任分手了，否则我遇不到这么好的男人。"

02

佳慧是我堂妹的一个客户，偶尔我去堂妹店里做美容的时候会遇到她，互相点头笑笑，也拉拉家常。

刚认识的时候，堂妹告诉我，佳慧40多岁了，我惊讶道："不像呀，顶多30几岁的样子。"

佳慧也是苦命人，佳慧和她老公是在大学里自由恋爱的，毕业之后，两个人一起回到小城当老师，结婚生子水到渠成。

经过几年的努力，她老公考了公务员的编制，进了政府机关。应酬多了，认识的人多了，他的心也花了。

佳慧知道老公在外面拈花惹草，可是老公要么死不承认，要么说佳慧无理取闹。无数个夜里，佳慧自己抱着被子默默地流泪，为自己，为孩子，为这个家。

后来，一个年轻妖媚的不速之客闯进家里，盛气凌人地要求佳慧让位。而这次，老公沉默得可怕。

离婚大战注定是一场血战，作为过错方的老公竟然在财产分割和儿子抚养权上分毫不让，佳慧知道背后有小三在指使。

看到昔日的爱人跟别的女人站在一条战线上，并把枪口对准自己，佳慧心如死灰。那段日子，佳慧一下子苍老了十岁。

最后，佳慧拼尽全力争取到了孩子的抚养权，在财产上做出了很大的让步。

以后的几年里，佳慧独自带着孩子生活，直到她现在的老公出现。

现在的老公也是经人介绍认识的，几年前妻子患病去世，他独处至今。他没有前夫好看的皮囊，也不怎么会说话，但是对知书达理、贤惠、善良的佳慧一见倾心，仿佛捡到宝似的，一心一意地对她好，视佳慧的孩子如己出，把佳慧那颗冰冷的心逐渐焐热了。

堂妹还告诉我，佳慧现在的老公是本地一家大型超市的副总，虽然工作比较忙，但是晚上经常看到他和佳慧手牵手散步。

听到这个故事，我替佳慧感到开心。再遇到她的时候，我发现这个女人由内而外散发出恬淡的美。

苦尽甘来，她终于等到了属于她的稳稳的幸福。

03

都说很多女人的婚姻有四大不幸：当妈式择偶、保姆式妻子、丧偶式育儿、守寡式婚姻。简直把有些婚姻的真相描摹得淋漓尽致。我个人觉得，还得加一样：傀儡式生活。

因为老公的上头有个妈，老公事事都听妈的话，自己也要听从老公的话，从而听他妈的话——句子是有点拗口，但是道理显而易见。

我有一个同学晓懿就是嫁在这样的家庭，本以为小夫妻可以和和美美地过自己的小日子，可是凡事公婆总要插一手，而且处处看晓懿不顺眼。

新婚伊始，公婆要求小两口上交工资卡，说年轻人花钱大手大脚，他们帮忙存着。

有时候，晓懿和同事聚会晚上回来晚点，公婆会和老公一起在客厅等待晓懿，带着质疑的口气细细询问。

晓懿打算和老公一起用住房公积金买套房子，公婆坚持要求写他们老两口的名字，说等小两口稳定下来再过户给他们。

都说婆媳关系是世纪难题，但是只要老公保持理性，适当偏袒妻子，妥善处理，坚决地回绝父母的不合理要求，那也没什么可怕的。

最可怕的是什么？作为妻子，本应和自己风雨同舟的爱人，却和公婆站在同一个战壕里，一起对付你。

晓懿的老公在平日里，开口就是"我妈说的"……凡事必须按照他妈妈的要求来执行，生生剥夺了自己的生活权利。在这样的家庭，晓懿感到恐怖和窒息。

压死骆驼的最后一根稻草，是在晓懿怀孕后出现的。

公婆盼孙子心切，不知道使了什么手段让晓懿做B超判断出怀的是女孩子。回到家里，公婆给晓懿施压，要么这胎流产，要么等孩子生下来抓紧生二胎，总之要给他家生个男孩子。晓懿坚决不从，活生生地打掉已经有胎动的孩子，于心何忍？再者，假如二胎还是女孩子呢？是不是还要再经受一遍这样的精神和肉体的折磨？

原本指望自己老公在这件大事上支持自己，想不到他跟着公婆一起逼迫自己，要么说好话，要么厉声斥责，就是要晓懿给个说法。

怀孕的晓懿整日以泪洗面，心力交瘁，她本来身子就弱，孩子在六个月的时候停止胎动，只能引产。这对于一个母亲来说是多大的打击啊！

可是夫家却欢天喜地,让晓懿养好身体,争取再怀一个男孩子。而心如死灰的晓懿坐完小月子之后,毅然提出了离婚。

公婆冷笑,老公劝阻:"你以后再也嫁不到像我家这样的好人家了!"

离婚后的晓懿认真工作,自己赚钱自己花,闲时读书、健身、旅行、做美容,离开了无法忍受的环境,一个人的日子简直不要太精彩。

晓懿说,她仍然相信爱情,期待婚姻,坚信自己会遇到一个生命中的白马王子。

04

赤裸裸的现实教会我们:有些人,一旦错过,真是谢天谢地。

网上流行着一句话:从前东西坏了,都想着修;现在东西坏了,都想着换。爱情亦如是,假如拥有的是千疮百孔、不可修复的爱情,只能带给自己无尽的伤痛,那又何必死死抓在手中舍不得放手呢?为什么不潇洒地抛开,重新轻装上路呢?

也许,抛开之前的一切,你会发现一个美丽的新世界。

有句话说得好:所有的失恋,都是在给真爱让路。

哪一个姑娘不是父母用心呵护的呢?如果一段感情无法滋养你,甚至夜以继日地消耗你,那你又何必为那些配不上你的男人"买单"?

亲爱的,假如你曾将感情所托非人,伤心有时,绝望有时。可是,你千万要相信,在不远处,一定有一个适合你的人在等着你,他和你想象中的人完全一样,他会待你如初,疼你入骨,从此深情不被辜负。

所以,你要变伤心为上进心,昂首挺胸,永远想着"我这么出色的人,失去我是你最大的损失"。早晚有一天,那个命中注定属于你的人,会深情地拥抱着你,在你耳边低语:"我上辈子一定是积了德,现在才有这个福气娶到你!"

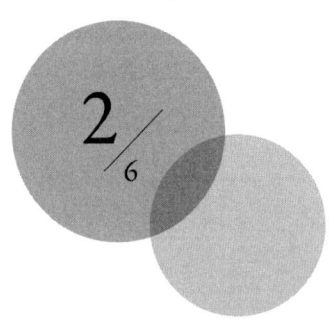

我不是没人要，
而是没遇到

那些曾经为失恋痛哭过的人，后来都找到了让自己笑起来没完没了的另一半，相爱宛如初恋。因此，你要相信，与你最对味、最契合的那个人，他正在赶来的路上。

撩你，不等于爱你

01

我有一个小粉丝，叫小娅，她是一个大四的学生，一直默默地关注着我的公众号，我的每篇文章下，她都认认真真地写留言，看得出来，她是个心思细腻的姑娘。

加了好友，约定假期回来跟我见面聊天。

后来，我们见面了，小娅告诉我她最近有点苦恼。

她在学校新认识了一个男生，个头高高的，人也长得蛮帅，口齿伶俐，幽默风趣。跟他在一起，从来不会冷场，也不用担心没话题聊。从文学故事到娱乐八卦，从就业展望到生活爱好，无论小娅说什么，他都能饶有兴趣地接下去。这让小娅觉得跟他说话简直就是一种享受。不仅见面聊天热乎，他们还加了微信，经常愉快地互动，小娅由最开始的拘谨变得自由放松。

男生对小娅说：

"你还真是一个有趣的女孩子呢！"

"小娅，今天降温，你要多穿衣服呀！"

"小娅，你用的什么洗发水，很好闻！"

"小娅，我喜欢跟你聊天，好轻松的感觉。"

"小娅，明天你要考试，早点休息，等成绩出来了，我请你吃好吃的。么么哒。"

小娅毕竟是一个空窗多年的单身狗，面对这样一个贴心温柔、善解人意的男生，心里难免小鹿乱撞。

尤其这一句"么么哒"更像一把箭，不偏不倚地射在了小娅的心上。

02

渐渐地，小娅开始期待男生找她聊天，每天睁开眼睛的第一件事就是看微信，看看男生有没有给她发消息。

若是没有，小娅便会怅然若失，做什么事都提不起精神来。

若是收到他的微信，哪怕只是一个表情，小娅都会开心地笑起来，然后兴致勃勃地回复，仿佛跟他聊天是每天最重要的事。

小娅认为这应该算是恋爱的前奏了，照这样继续聊下去，两个人的感情会很快升温，男生应该很快就向她表白了。可男生却一直按兵不动，搞得小娅不知所措，不懂这个男生到底是什么意思。

后来，男生渐渐没了动静，和小娅聊天的频率越来越低，再后来几乎不怎么找小娅聊天了，小娅也越来越患得患失。

最终，在某个周末的晚上，在成双成对的校园里，小娅亲眼看到这个男生拉着另一个女生的手，谈笑风生。

小娅便什么都明白了，心里明明不甘，却又没有资格和身份上前去质问。

毕竟，男生跟她说过无数句话，唯独没说过"我喜欢你"。

03

我告诉小娅，以前有句话，叫作"男人不坏，女人不爱"。现在换了个说法，就是"自古深情留不住，总是套路得人心"，你这是遇到"老司机"啦！

他应该不只对你一个人呵护备至、关怀有加。当他在手机那头对你笑语盈盈，让你喜不自胜的时候，说不定他一个转身又对另外一个女孩子说着同样的话。

你以为他只在乎你，你以为他只对你嘘寒问暖，你以为你在他眼里是唯一……一切都是你以为，他却没给你一句认定你地位的话，更别说行动了。

他只是在撩你，时不时地撩你，撩拨你那颗真挚而热忱的心，让你充满期待，让你在心里预想关于你和他的美好未来。

他没说过一句"喜欢你"，你已经在心里说了无数遍"我愿意"。

这只是一个肥皂泡啊。他不是喜欢你，而是想让你喜欢他，他暧昧成瘾，你却走了心。在暧昧的过程中，他广泛撒网，重点捞鱼，最终选择了在他看来各方面条件最好的一个姑娘。

他悄无声息、毫发无损地全身而退，只留下一个千疮百孔、默默疗伤的你。说不定他还会在心里嘲笑你是"傻子"。

04

无独有偶，昨儿晚上我和几个朋友在一家饭店小聚，旁边一桌的一个年轻小伙子大概喝了点酒，开始吹嘘自己撩了多少个女孩子。

声音不算小，我们听得一清二楚，便心照不宣地不说话，看看他到底说些什么。听完一番高谈阔论之后，我们几个不由得你看看我，我看看你，一声叹息：姑娘们，你们是不是傻？

此男打着谈恋爱的旗号，使出的套路大抵是一样的：从聊天开始，到满足自己的欲望为止。不怪小姑娘太单纯，只怪"老司机"套路深。

据他讲，煲电话粥是有的，喝多了打电话是有的，语言挑逗也是有的，他从一个对话框换到另一个对话框，从这个约会场所换到另一个约会场所。

乐此不疲，操之"不"急。

当然他也有诸多诡计，欲擒故纵、金蝉脱壳、声东击西、走为上策……因为最后，他会无一例外，故作伤心地跟姑娘说："你很好，可是我们并不合适。"

这样的男人，是真的渣。伤了女孩子之后，男人们在一起瞎侃，往往会以自己追上了多少个女孩子为谈资。追到的女孩子越多，便越是一件值得自信和骄傲的事情。

不得不说，真是垃圾！

05

姑娘，不知道你有没有遇见过这样的男人，有时候对你无微不至，有时候又好几天不理你？

你有没有遇见过这样的男人，跟你一起吃饭，陪你一起玩耍，当你对他表白的时候，他却一脸无辜地表示"我把你当我妹妹"？

你有没有遇见过这样的男人，有时候跟你形影不离，有时候对你若即若离？

你有没有遇见过这样的男人，对你说你很漂亮、你很温柔，却在关键时候对你说"你不是我喜欢的类型"？

你有没有遇见过这样的男人，跟你走得很近，跟你的关系明显比一般朋友亲密，却在某一天跟你介绍他的女友？

……

遇到这样的男人，你一定要守住自己的阵脚，稳住自己的心，别动不动就胡思乱想：

　　他天天找我聊天，是不是对我有意思？

　　他居然请我吃饭，八成是爱上我了。

　　他跟我报备他的行程，是不是特别在乎我的感受？

　　他把他的小秘密告诉我，我是不是已经走进他的内心？

　　拜托，这些都是你自我表演的内心戏，打动的只有你自己。真心喜欢你的人从来舍不得撩你，早就迫不及待地向你表明爱意。

　　他经常找你聊天，不代表他喜欢你，也许是因为无聊，也许是因为空虚，也许他是中央空调。

　　总之呢，"经常找你聊天"跟"喜欢你"，真的不能画等号。

爱情不只有发糖，破碎也正常

01

当你喜欢上一个人，即使对方的名字再怎么普通，你都会觉得那名字好像万花筒一样，在你心里不停变幻着多姿多彩的图像，格外美好。

人会在突然的某一刻喜欢上一个人，也会在突然的某一刻彻底放弃一个人。

张小娴说过，男人对女人的伤害，不一定是他爱上了别人，而是他在她有所期待的时候让她失望，在她脆弱的时候没有扶她一把。

所谓的"心死的一瞬间"，其实是很多失望的积累。失望累积多了，任何稻草都可能是最后一根。

说实话，我也有过瞬间心死的时候，我永远忘不了那种感觉，仿佛就在那一刻，有一盆冷水从头浇到脚后跟，心逐渐凉了，这种凉会传到五脏六腑，传到神经末梢，一直传到指尖。

然后耳边响起一个声音："好了，一切都结束了，就这样吧。"

02

在一个深夜里，西西姑娘找我聊天，她说她知道我要写这个话题，她想告诉我她对前男友心死的那一刻。

"其实,我能感觉到他越来越不爱我了,也对我越来越不上心,只是我没有开诚布公地问他,而他也没有直截了当地告诉我不爱了。我不问,一是巴望着我们的感情可以回暖,二是不希望那么快给自己的感情判死刑。他曾经那么深爱着我啊。"西西说。

好死不如赖活着,于是就这么拖着。

男人对你好,是真的。对你不好,也一定是真的。

希望厌倦你的男人回头,希望一段濒临结束的感情起死回生,这真的是不太可能的——毕竟,走下坡路的感情,结束的速度是很快的。

西西的男友在上海工作,西西打电话给他,他会经常不接,就算接了也是语气冷淡。

有一天晚上,西西肚子疼,疼痛难耐,就打了个电话给男友——不过是想借着身体不舒服求得男友的紧张和关心。电话那头的声音在责怪西西:"你生病了不去医院,打电话给我有什么用?难道我是医生吗?"

西西不甘心,撒娇道:"你是我男友,人家想让你关心一下嘛。"

那头的声音变本加厉:"我白天工作很累的,你现在打电话影响我休息了,你怎么这么自私?"

西西愣住了,默默地挂断了电话。

作为局外人来看,西西男友的表现完全没有一点"爱"的意思,每字每句都是在告诉西西:"我不爱你了,好吗?"可是西西看不清,或者说明明心里明白却不愿意承认。

之前男友生日的时候,西西精心挑选了一块价值不菲的男表作为生日礼物,西西还跟单位请假去了上海,陪他一起过生日。

几个月过去了,西西的生日到了,是个周六。西西问男友回不回老家陪自己过生日,男友说要加班,回不来了。

电话里,西西哭了,哭得很伤心,男友不耐烦地说:"哭什么哭?我还没死呢。"

西西生日那天,男友没有回来,只是发了一条微信:我最近工作忙,你自己过生日吧,我很累,不想跑来跑去了。

看到消息的一刻,西西听到了自己心碎的声音。她知道这个男友再也不值得自己付出任何情意。同时她也感到一身轻松——结束了,终于可以结束了。

03
我无法控制自己对你难以忘怀,但我对你的一切已经没了期待。

讲真,我倒是希望陷在情网中的男男女女在感觉到另一半对自己冷淡时,能够及时收心,速战速决,千万别让自己的真心任由不懂得珍惜的人践踏。

我曾做过一个话题:有没有哪个瞬间,你对他彻底死心了?下面就是读者朋友们的"心死一瞬间",鸟老师在看的时候,觉得好心疼啊!

· 青春年少时,总认为婚姻一定像书里写的一样,美好而浪漫!于是当遇到了自己认为"就是他"的那个人时,毫不犹豫地就将自己嫁了,搞得好像英勇就义似的,不顾所有人的反对。十年婚姻,最初的几年是挺踏实而浪漫的,我学会了洗衣做饭,田间劳作,甚至去工地帮忙做小工。受了任何委屈都咬紧牙忍着,因为这是我自己选择的。这期间的苦,除了我自己,大概父母心里都明白。每次回去,虽然他们不多说,但总给我做许多好吃的,还要打包让我带回去。后来有了孩子更是忙得脚不沾地,连回父母家的时间都少了很多,反而他们时不时大包小包地来看我和孩子。就这样，我毫无怨言，觉得日子就该是这样的，如婆婆的教诲"男人是天，人前人后要顾面子"。在我死心塌地地憧憬着美好未来的时候，人家在外面"邂逅"了"真爱"。我天崩地裂般地伤心欲绝，结果人家指着我的鼻梁说："瞧瞧你那样，哪儿还有一点女人的资本！"那一刻我愣住了，忘了伤心，忘了背叛，立即转身去照镜子，是啊，只有30岁的我，灰头土脸……那一刻，我收起了所有的伤心，对他说："我们之间结束了，我要去找回自己的资本。"就这样，我摆脱了那段噩梦般的婚姻。(@扬州小妞)

·当他对我动手的那一瞬间，我的心彻底地死了，再也不会爱了。(@岁月静好)

·我特别爱他，给他无微不至的关心。有一次，我无意中看到他的社交软件，却发现他竟然一直和其他女人暧昧不断。(@百草园主人)

·不小心怀了他的孩子，不能生下来，只能做掉。他带我去了一个乡下医院，没有所谓的无痛人流，因为贵。那就痛吧，算对我的报应。在简陋的手术室里，一个老妇女毫无表情地给我做了人流。手术结束之后，我痛得走不了路，而他觉得已经花钱做手术了，更应该省着点，竟让我和他步行回家。那一刻，我的心彻底凉了。(@小鱼在飞)

·曾经很喜欢一个男生，向他表白三次。在第三次终于收到明确的拒绝。就在一次一次忘不了、得不到的时候，学会了自我救赎，彻底放弃了这个男生。充实自己后发现，那只不过是森林里的一棵小树啊。(@天堂草)

·暗恋一个男孩子很多年，他应该也能感觉得出来。在暗恋他的那几年里，他一直不停地换女友，不过这也不能阻止我喜欢他。那时候，我以为这辈子我都不会停止喜欢他了，结果却在无意中发现，他一直把我暗恋他的事当个笑话，时不时地在朋友面前拿出来说……（@可可）

·我喜欢一个人，他不算太帅，但我莫名其妙地就对他心动了，他好像不太喜欢我。有一次，我在微信上给他发消息，可能烦到他了，他毫不犹豫就把我删了。那一刻，我感觉心跌入了谷底，脑子一下子空了。后来，我下定决心，不再喜欢他，因为这样对我和他都好。（@花开半夏）

·前男友自身条件不太好，不过，他的上进心比较强，勤快！当初莫名其妙地爱上他，觉得他就是全世界最帅的男人，可是他还是出轨了……我不能接受这个事实，伤心了好久。一年以后，突然接到一个电话，他说他错了，自始至终没找到比我更好的，就在那一刻，我把对他的所有留恋、不甘、回忆全部收回了！（@落花）

·吵架，他拿我手机把所有关于他的一切都删了，那一刻，我们就再也回不去了。（@平凡的我）

·曾经让我心动的他，已经不怎么联系了，以前和他在一起聊天很开心，时间过得很快。突然有一天，我发现自己给不了他想要的，就决定不再和他联系。时间久了，我们就真的不怎么联系了，从无话不说到无话可说。我真的放弃他了，默默地关注着就好。（@不忘初心）

·曾经面临过一个不大不小的困难，但是没有告诉另一半，因为不想让他烦恼，我自己解决了问题。过后，他无意中表示当时其实是知道我的困境的，那一刻，我心如死灰。我知道感情易碎，所以不想他跟我一起烦恼，但他什么都知道却当作不知道，默默地看我一个人挣扎努力。（@三江雪莲）

放弃一个爱过的人,从来不是一件难事,只要失望到一定的程度,到达那个临界点,就像鼓胀的气球猛地被戳破一样,"砰!"一瞬间就足矣。

04

虽然每个人的故事不同,但道理差不多吧,当那个人再也不具有值得你去爱的特质了,你的心就收回来了。

爱情不只有发糖,破碎也正常,人来人往,你要学会接受。

爱情也有生根、发芽、开花、萎谢、腐烂……就和这世界上的万事万物一样,有开始,自然就有结束。

没有挥别不了的过去,要相信,为故人死去的心,始终能为新人而重生。人生路还长,希望从你死心的那一瞬间起,你能彻底地和过去说再见。

你要相信,在不久的将来,在鲜花绽放的路边,会有更好的人在等你,他会小心地捧起你的心,倍加珍惜,呵护至极。

无论何时何地,都要有抽身而去的勇气,要好好爱自己。

希望这些经历,我们都能云淡风轻地讲出来,然后笑着送别。

既然分手了，就别再怀念

01

刘若英导演的《后来的我们》，是一个年少时相爱，后来不得不分开，再后来又彼此怀念的爱情故事。

就在电影热映时，我刷朋友圈看到一个女孩子晒了电影票，配的句子是：致前任——没错，就算走不到一块儿，我们还是一家人……

我当时就震惊了！

我记得她曾找我倾诉，说男友劈腿，她被莫名其妙地戴上一顶绿油油的帽子而不自知。等到发现的时候，她竭力挽留男友，而男友坚决离她而去。

我当时劝了她好久，她也把我的话听进去了，果断地跟前男友分了手。

再后来，某一年的情人节，她在朋友圈晒了一束玫瑰和牵着的两只手。我还恭喜她步入新的恋情。一直以来，她和男友的关系也挺好的，经常在朋友圈里秀旅游、秀美食、秀恩爱。

谁曾想，一部电影，让她在朋友圈发出这样的感慨。

我特别想问她：这条朋友圈屏蔽你现男友了吗？你跟前男友是一家人，请问你的现男友同意了吗？

假如你的现男友说跟他的前女友是一家人，请问你会怎么想？

假如，你的现男友觉得你们的二人世界太空荡，加个人也无所谓，那我无话可说。

事实上，他真的没意见吗？

我想，绝大多数男女，应该都接受不了自己的爱人心里惦记着前任。

02

曾经有个小女生找我聊天，她问了我一个问题：该怎么处理与前男友的关系？

我是这么回答的：所谓前任，不就等同于他彻底离开你的生活了吗？

前任是一种怎样的生物？从曾经牵手承诺走天涯，到现在挥手说拜拜，从各种占据对方生活的角落，再到现在没有关系。

说得文艺一点，就是回忆是我的，但你不是我的。

说得现实一点，就是你的世界你拥有，我的世界我做主，跟你有什么关系？

说得残酷一点，就是你别来打扰，我就谢天谢地。

说得腹黑一点，就是知道你过得不好，我就放心了。

当曾经爱过的人，不得已成为前任，请务必互删所有的联系方式，像一匹脱缰的野马，以最快的速度从对方的生活里逃离。

03

当然，有些恋爱失败的姑娘不甘心，心里总是忘不了前任。

"那么甜蜜的两个人为什么会分手呢？"失恋后的悠悠一遍又一遍地问我。

喜欢一个人也许只需要一个眼神，而分手的理由有千千万：异地了、感情淡了、喜欢别人了、性格不合了、家里不同意了……

总之，结局就一个：分手。

对于那些相爱而又离散的人来说，最难以面对的，除了那些怦然心动的瞬间，曾经携手同行的时光，还有那些年少天真、情到浓时许下的海誓山盟吧。明明说好永远在一起，为什么要分离？

分手后的悠悠痛苦不堪，知道复合无望，便苦苦哀求前男友：至少还能做朋友，联系方式要保留。前男友没有拒绝，留着就留着吧。

这之后的悠悠除了以泪洗面和祥林嫂式的逢人诉说之外，还变得只要有风吹草动就敏感起来，成了善于捕捉蛛丝马迹的名侦探柯南。

不是有联系方式吗？悠悠抑制不住思念，忍不住发信息给前任，内容无非是追忆美好瞬间，以求得前男友共鸣，从而使他回心转意。

前男友大多数时候不回复，有时候兴致来了，"嗯""哦""是"几个字敷衍一下悠悠。

这些简单的语气词给了悠悠无限的希望，眼前仿佛出现了复合有望的大好前景，便越发频繁地发信息。

前男友发的每条朋友圈，悠悠都要当高深的语文阅读理解题来细细解读，挖掘深意。

他心情不好了。悠悠会想：是不是因为没有了我，所以现在过得不开心？

他和同伴出去旅游了。悠悠会想：那个妖艳的女人根本没我长得好看。

他去餐厅吃饭了。悠悠会想：这家好吃的店还是我告诉他的，他会不会想起来？

……

面对着躺在手机里的和前任有关的一切，悠悠生动地演绎了内心戏，加上丰富的想象力，编剧导演都是自己。在回忆和想象里，越发失去了自己。

好好的一个姑娘，成天自怨自艾，变得有点神经质。

04

直到后来，有共同好友好心告诉悠悠，前男友在跟哥们儿一起喝酒的时候，把分手后悠悠对他的念念不忘当作炫耀的资本在酒桌上公开了，趁着酒劲并当场读了悠悠发的短信。

分手后的前任一直马不停蹄地认识新的女孩子，并带去跟朋友们一起吃饭，跟悠悠陷在过去无法自拔相比，前男友的日子过得有滋有味，简直不要太爽。

那一刻，悠悠的心彻底凉了，手不停地发抖，渴望复合的火苗渐渐熄灭。在跟我说这事的时候，她还是抑制不住地哭了。

早知如此绊人心，何如当初莫相识。分手后，女孩子总是会留恋、想念，心里就像是扎进了一根刺，拔了会流血，不拔就一直疼。分手后本来可以潇洒地说拜拜，却生生成了大家的笑柄。

看着眼前这个可怜又可气的姑娘，我觉得非要把她骂醒不可。

分手了为什么不删前任的电话、微信、QQ，难道留着当下酒菜吗？难道留着缅怀吗？

所有的藕断丝连，都是想着再续前缘。而所有的破镜重圆，那裂缝还在，就算修修补补，还是把过往重演一遍，结局一般还是难逃分手。

你以为你的坚持是海枯石烂、矢志不渝，却未曾想到在别人眼里早已沦为笑谈：你死不放手的样子，真的很丑。

分手之后无所谓不甘心，你的不甘心，只是对他的放不下。而你的放不下，卑微如尘土，在他眼里是犯贱，会让对方更看轻你，甚至作为炫耀的资本。

对于女生而言，哪怕你曾经和我在一个花好月圆之夜看星星看月亮，哪怕你和我从诗词歌赋谈论到人生哲学，今日你和我分手说再见了，那就最好再也不见了。

别提什么旧情复燃，下场很可能就是自作多情、自取其辱，唯一能做的就是闭上你的嘴，停止无聊的幻想，过好自己的日子。

健身、跑步、阅读、旅游、烘焙、养花，让你变得更好、更快乐的事情有那么多，何必让一段失败的感情、一个过去式的人左右你的情绪，让你患得患失呢？当你变得更好，会有与你匹配的、更优秀的人来与你相见，到时候，你会觉得，当初的不甘心是多么不值得，你会感谢他的不娶之恩。

没有忘不掉的前任，只有刻意不想忘的从前。别矫情，找个更好的现任，分分钟不记得前任的模样。

05

有人也许要说我偏激了，不够宽容，恋人分手后也可以做朋友嘛！

呵呵，我只能说，你的心真大。

一般来说，在公众号后台给我留言的女性读者居多，但是有一天，一个男性读者给我留言，写了很长的一段话。

他说他很苦恼，女友每次跟自己生气以后，就喜欢去找前任诉苦，他的女友美其名曰：前任只是朋友，一个特别了解她的朋友。

前任当然比你更清楚你的女友啊，她爱吃的食物，她嘴角上扬的弧度，她生气时皱眉的表情，她喜欢的歌曲……

这种和前任纠缠不清的女友，不管放在谁心里都是一根刺啊，谁知道他们还会发生什么，不分手难道要留着过年吗？

分手就当前任死了,这话虽然说得难听,但是我希望这成为每个人的道德准则,为什么还要做朋友?放彼此一条生路,给现任一点尊重,好吗?

合格的恋人就是跟前任撇得一干二净,不让现任误会,让对方有安全感,不要让自己的过去影响到自己的未来,要对下一段恋情负责任。

还有一个女性读者告诉我:男友一直对她很好,但他仍在跟前任联系,并且手机里还留着前任的照片,她跟他说了好几次,他总是敷衍了事。"虽然目前也没做出什么不靠谱的事情,但我介意他们联系,我该怎么办?"

你看,这就是跟前任纠缠不清带给现任的烦恼。

俗话说,一个巴掌拍不响,男友跟前任时常掏心掏肺地聊聊心事,打打嘴仗,这样的情敌,谁能神经大条,掉以轻心?

留着前任的照片已经构成了两个人的芥蒂,留着联系方式还聊天的几乎是死罪了。这个男友只想着在前任那里证明自己的价值,却没有考虑到现任的感受,这样的男友就算再好,留着过年也只能当鞭炮放掉。

分手后做什么朋友?你很缺这么一个曾经相爱又互相伤害过的朋友吗?

所以,我不会劝这两个读者要大方啊,要懂事啊,不要介意啊,放宽心啊……

我只会告诉他们,让他们的现任哪儿凉快哪儿待着去。

别怪我说话难听,明白道理就行。有些人会觉得过去的永远最美,失去的永远最爱,请不要忽略了此时此刻那个陪在你身边的人,这才是你能抓稳的幸福。

就让尘归尘,土归土,过去的归过去,现在的归现在。

彳亍独行，未来可期

01

我想给大家讲一个故事，她是我一个初中同学的女友。

在跟她为数不多的几次接触中，我由衷地感叹：多好的一个姑娘！这个"好"字包含着很多方面的肯定。比如说，她是个很独立、很坚强的姑娘，有一份很不错的工作，并且通过自己的努力在这座小城买了房和车。光凭这一点，我觉得她就比那些伸手靠父母、靠恋人的姑娘和小伙儿们强多了。姑娘长得也不差，带着些许气场。

她跟我的同学在一起两年，广撒狗粮以喂天下单身狗，反正我的那些男同学们都羡慕忌妒了那个男生，到底上辈子修了什么福，能有这么好的女友。

也就是说，刚才我评价这个姑娘的"好"，并不是我一个人这么认为，大伙儿都这么说。

这个男同学喜欢喝鱼头豆腐汤，却又不喜欢饭店做的浓浓的白胡椒味。十指不沾阳春水的姑娘便研究菜谱，认认真真地、一步一步地学着做给他吃。

我们同学经常小聚，吃饭喝酒打牌什么的，这个姑娘总是安安静静地陪着，不吵不闹不怨。大伙儿喝多了酒，姑娘悄悄地把账结了，大半夜一个人开车把男友送回家。

男同学喜欢打篮球，姑娘给他买最新款的篮球鞋，去看他打比赛。

有时候，男同学窝在家里打游戏或者看球，姑娘就带着一大堆吃的喝的去男友家做饭给他吃。

有一次男同学在朋友圈秀恩爱：他感冒了，姑娘买了药送过去，用娟秀的字在药盒上写明了一天吃几次，一次吃几粒，和药放在一起的，还有好几种糖果，只因为他不喜欢苦味。

男同学生日那天，姑娘送给他的生日礼物是自己画的一幅画，画的就是他的肖像。也许大家会觉得这没什么，关键是这个姑娘没有绘画基础，只是学着画，却画得很好，形似又神似。我业余时间也会画两笔，所以我知道画一幅栩栩如生的人像并不是那么容易。重要的是，姑娘对他有多爱，才会一笔一画地描摹着她的心上人，把她对他的情意，通过细细的笔尖倾泻出来，连绵不绝。

他们也闹过分手，但每次分手都是姑娘找他复合。

只是后来，他们真的分手了。

我那男同学的脾气，我是知道一些的，他的大男子主义特别严重。他们分手的原因确实是我那男同学不地道，也许真的觉得这姑娘这辈子百分之百跟定他了，于是各种作。男人作死最厉害的方式无非就是直接消失，电话不接，短信不回。

有一次，姑娘把电话打到我这里来了，问我知不知道他怎么样，说他不回消息。我当时目瞪口呆，因为前一刻我还看到他在同学群里聊得很开心。

我也劝过男同学，别这么作，可他不听，一意孤行，我这个局外人也只好作罢。

也不知道在作了第几次之后，姑娘终于心灰意冷，哭哭啼啼地跟我说，以后再也不找他了。

果真，她真的再也没找过他，攒够了失望，就离开了，就这么分手了。

02

后来，姑娘和我聊了几次。大概是失恋难过，想找个人说话吧。

她问我："在你们朋友眼里我是不是挺傻的？那么没羞没臊地去贴着他？"

"你千万别这么想。你是我见过的最优秀、最懂事的姑娘，对别人高冷，对他死心塌地，只不过是那个笨蛋身在福中不知福罢了！"我回复她，这也是我的真心话。

她回了一个微笑的表情，发过来几句话："当初我那么喜欢他，现在想想都觉得不可思议，那些事，我真的就只为他一个人做过，傻瓜一样……我想，我以后再也不会像爱他一样去爱另外一个人了……"

她说她非常难过，我说我理解。

当一段感情不是自己想要的样子，让人感到失望时，哪怕再难过也要结束这段感情。但是实际上，没有绝对洒脱的人，没有说断就断的爱。那些表面上洒脱、做出分手决定的人，你不会知道她私底下为这个决定下了多大的狠心。

那些坚持要翻篇的姑娘，深夜无数次失眠痛哭，表面上云淡风轻，内心深处早就难过到歇斯底里。

面对这个在爱情里受了重创的姑娘，我默默无语，只是暗暗地为她加油，希望她不再消极，对爱情还是要充满勇气和希冀。

03

之后，我跟她也就没什么交集了，就这样过去了一年多。直到最近几个月，我发现这个姑娘的朋友圈更新频繁了，直觉告诉我，姑娘恋爱了。

果然，昨天她发了一个朋友圈，罕见地晒出了一张牵手的照片，她那秀气的手被一个男人的大手稳稳地握住了。

我在下面留言：斯人若彩虹，遇上方知有。恭喜。

她没回复我，到了晚上却在微信上找我聊天。她说，受了一次重重的情伤，原以为再也不会像傻傻地爱他一样去爱另外一个人了，却发现当遇到另外一个合适的人之后，之前的想法是多么幼稚，所有的自定义都不成立了。

一切都会过去，包括失恋。难过是真实的，可这就像感冒，很难受，但它早晚会好。

姑娘说，她现在还是会根据男友的口味精心研究菜谱，做出他喜欢的菜；男友喜欢跑步，她也会换上运动服陪他一起晨跑；看到适合男友的领带和皮鞋，她还是会毫不犹豫地买下来；男友生病了，她也会尽心尽力地照顾他，直到他痊愈；在男友和朋友们聚会的时候，她也会静静地陪着，生怕他喝多了；男友出差回来的那天，她会算好时间提前做好饭菜，然后趴在阳台上朝着他归来的方向张望……

不同的是，现男友一点都不作，她对他有多好，他便加倍地对她好，温暖细致，宽容体谅，不让她担心，不让她哭泣。

爱情里最幸运的，不就是付出的爱都有热烈的回应吗？

我由衷地为她感到高兴。

是啊，恋爱和其他所有事情一样，都是需要学习和试错的。失败了并不可怕，不要因为一次失败就感到绝望，你应该庆幸自己排除了不适合自己的那一类人，把机会和时间留给正确的人。

04

身边曾经失恋的男生和女生不少。处在失恋阶段，他们总会口口声声说"不会再爱了""再也不会像爱他/她一样爱别人了"之类的话。

也许我们每个人都曾以为那个过去的人不可替代，曾经因为失恋在夜晚哭泣，曾经说过"爱情，这辈子都不想要了"。不过在痛定思痛之后，我们更需要的是满血复活的勇气和能力。

我的小学同学王燕妮有句名言："失恋，难过一下子就够了，因为总有一天回头看，你会后悔，当初你本不该那么难过的。"

我曾对这句话将信将疑。可是，时间证明一切都会好起来，那些伤口总会结痂，以后还是会爱。不用去怀疑自己是不是失去了爱的能力，只要遇到那个对的人的时候，你终究会再次热烈燃烧。

我身边那些曾经为失恋痛哭过的人，后来都找到了新的爱人，相爱宛如初恋。那些深夜哭泣的姑娘，后来都找到了一个让她笑起来没完没了的人，现在都过着和和美美的生活，有的甚至已经与爱人步入了婚姻的殿堂。

行独行，终遇良人。

你要相信，未来是可期的，与你最契合的那个人，他正在赶来的路上，你可别轻易放弃。

爱情是值得去坚持的信仰，总有一天，你会遇到那个对的人，那个值得付出的人，那个让自己相信爱情并不顾一切、全心全意爱着的人。

傻姑娘，你当然再也不会像爱前任一样去爱他。

因为你的余生都是他，你会爱他更甚。

那一刻，我的心融化了，就归他了

01

有一天，有个小妹妹找我聊天，她说："他站起来给我倒茶，温柔地看了我一眼，就在那一瞬间，我就知道，我输了，我的心归他了。"

我看着这洋溢着幸福的一句话，忍不住笑了。

原来喜欢上一个人竟然是这么猝不及防啊，那些奇奇怪怪的原因甚至让你自己也摸不着头脑。他只不过是看了姑娘一眼，就能让姑娘怦然心动了，喜欢就是这样没有道理。

面对那些遭受感情曲折经常找我倾诉的姑娘们，我从不在她们面前唱衰爱情，这世上就是存在爱情让人变得更美好这种事啊。

见证了身边很多人的认真相爱，鸟老师常常有这样的感觉：也许不幸的爱情只有分手拉黑这一个结局，但是幸福的爱情的开始往往没有固定的模式，每一对相爱的人都是不一样的。

02

那是一个天气格外晴好的早上，空气里全是阳光的味道，我跟我妈在吃早饭。

我突然问我妈："你跟我爸是怎么开始的？"

我妈先是一愣，继而不好意思地低头喝粥："什么开始不开始的。

我都一大把年纪了,你还问这些。"

据我所知,我妈年轻的时候能歌善舞,会讲故事,下地干活或是忙家务都是一把好手,在村里一些未出阁的姑娘中是颇为出挑的。而我爸其貌不扬,又老实巴交,讷于言,拙于行。

我不依不饶,"就是问你,你是怎么选择我爸做老公的?怎么决定嫁给他的?"

我妈思考了一会儿,缓缓地告诉了我。

她说她年少时对未来的另一半也有过憧憬和幻想,如何高大伟岸,如何勤劳能干。当西村的二姑把我爸带到我妈面前时,我妈还是有些失望。

虽说是从书香门第走出来的二儿子,但我爸身上没有一点书卷气,他局促地坐着,让喝茶就喝茶,让递烟就递烟,沉默寡言。

但二姑一直撮合,说这个小伙子人不错。我妈架不住撺掇,便挑了个日子跟外公外婆和二姑一起去了我爸家。

几十里的土路,我妈骑着自行车载着外婆,一路颠簸,到了我爸家已经是饥肠辘辘。

男方家按规矩是要烧茶摆点心给女方来的人吃的。茶就是白开水里加了红糖,点心就是普通的酥饼。

在饿得前胸贴后背的我妈的眼里,那几块酥饼格外诱人,连上面点缀着的白芝麻都熠熠生辉。但是姑娘要矜持的思想,让我妈不敢造次,我奶奶说:"姑娘,吃个酥饼吧。"我妈连连摆手,表示不饿,只是抿着嘴喝红糖水。

这时,我爸起身拿起一块酥饼,递给我妈吃,让她别不好意思。说着我爸也拿起一块,大口大口地吃了起来。

临走时,我妈都推着自行车走到路口了,我爸突然赶来,不由分说地把一个小布包挂在了我妈的车把上,小声叮嘱:"路上吃。"

我妈半路打开布包一看,果然不出她所料,里面是几块酥饼。

"那一刻,我就知道,这辈子就是你爸了。"我妈淡淡地说。

没有海誓山盟,没有花前月下,我爸跟我妈风风雨雨在一起生活了三四十年,从穷日子过到好日子。我爸话不多,一直在包容着我妈,照顾着我妈,大半辈子就这么过来了。

03

我的朋友粒粒,去年秋天跟她男友在社交网络认识,男生比粒粒小6岁,是异地恋,两人相隔几百公里。

这样的人物开场设定,肯定不会被看好吧。粒粒也这么觉得,所以刚开始是当好朋友处着。

可是他们每天都有聊不完的话题,聊完房地产泡沫,聊王者荣耀,聊完民谣音乐,聊电影,聊完风土人情,聊家长里短,一切都很顺利。

男生一直说要来看粒粒,但是粒粒怕前途未卜,怕彼此受伤后,反而失去一个要好的朋友,所以她曾多次婉拒男生来看她。

直到有一天,男生突然告诉粒粒,他来过粒粒的城市了,去了粒粒的单位,在前台放了粒粒喜欢的书和零食,然后就走了。

粒粒蒙了,连忙问他去了哪里,男生说已经离开了,现在回到了他所在的城市。

巨大的失落笼罩着粒粒,她去前台取了东西,看着书上清秀的几行字,忍不住流下泪来。

接着,粒粒反复查看前台监控的画面,一遍又一遍地回放,直到画面里出现了男生的身影。"看到监控里的那张熟悉的脸,那一刻,我的心融化了。我知道,我的心归他了。"粒粒跟我说。

后来，粒粒再也没有拒绝过男友来看望她，他们也制造了很多机会一起出去旅行，互相认识对方的圈子，认识对方的家人，就这么一直相爱着。今年夏天，男友准备把公司开到粒粒的老家，要跟粒粒结婚。

每次我见到粒粒，她都比上一次气色更好，粒粒一直不遗余力地夸自己的男友："没办法呀！男友人太好了！"

每次看到粒粒幸福的模样，我都衷心地祝福她，遇到这样坚定的男友，她可以毫无保留地去追求爱情。

在那一瞬间，把自己的一颗心完整地交给对方，当然对方也会把一颗真心给你，这世上再没有比付出的真心得到了回应更美好的事情了。

04

我曾设置了一个话题：你是因为什么或是哪个瞬间而喜欢上你的另一半的？

看了大家的回答，我真是感觉被人用小拳拳捶了胸口……

· 2001年，手机通话费用高，又是异地，所以短信发得比较多。2002年去看他，无意间看到他压在枕头底下的日记本，上面详细记录了我给他发的每一条信息，即便是一个"哦"。时、分、秒，分毫不差。还有我去找他的前一夜，他的心情日记，字里行间透露出的欢欣雀跃之情，我告诉自己，就是他了！2001年~2017年，异地，我依然无悔！（@乌丢丢）

· 隔着大半个江苏，有一天他发微信告诉我：这里大雨将至，叶子在天空中飘。就因为这句话，沦陷至今。（@周华）

· 他在窗外唱了半首歌，霎时间，心有所属。（@金鱼）

·因为他很认真地给我讲了一个童话故事,他认真的样子好性感,声音也好听。(@当街浊酒)

·发现他喜欢听的歌都是我喜欢听的,喜欢看的电影都是我喜欢看的,品味惊人的一致。(@虫宝)

·相亲的那个晚上,看到那一眼,就蓦然心安,对,就是他。虽然后来的相处中,摩擦不断,但结婚几年来,生活证实自己并没有选错人。(@菜圆子)

·我们是好朋友,有一次他去爬黄山,爬到光明顶的那一刻,第一时间跟我视频,给我看山顶的风景。那一刻,我不想做他的朋友了,一下子喜欢上了他。被人惦记的感觉真好,就是要把看到的美好的东西都分享给你。(@薇薇)

看完这些回答,我在想,爱是需要时间验证的,而喜欢一个人往往是一瞬间的事。那些让我们对某个人倾心的瞬间,都是人生旅程中的"生命之光"。犹如灵光闪现一般,只有你自己能体会那种美妙无比的心情。

不管那个人多么平凡,你都有可能在一瞬间被他吸引,那一刻,你心里的大门突然对他敞开。

那种怦然心动的时刻是最美好的,不管以后还有没有故事可以继续,拥有过心有灵犀的感觉已经是很幸运的事情了。毕竟,人生的大部分时间都是平淡时刻。

所以,感谢遇见你,感谢你赠予我那么欢乐的一瞬间,这就是我爱上你的理由,这就是我相信爱情的理由。

我对你的喜欢，藏在每天的"晚安"里

01

有一天晚上快12点的时候，兔兔找我，她说她睡不着。我问她怎么了，她说她的男友今天没有对她说"晚安"。

他们是异地，一个在南通，一个在泰州。

"以往差不多11点的时候，我们会互相道'晚安'，今天到现在都没等到他的消息，打他电话关机。"兔兔说。

我说："那你先睡，说不定他有什么事耽搁了。"

兔兔说，没有他的晚安，自己是很难睡好的。

我瞬间理解了。两个相爱的人在一起久了，就会逐渐地培养一些习惯：比如把对方设为星标好友，置顶聊天；比如无论遇到什么事情，都要第一时间跟对方分享；比如不管去哪里，都会发给对方位置；比如习惯给对方的每条朋友圈点赞；比如每天下班路上跟对方语音或者视频；比如去一个地方就帮对方带一份小礼物；比如每天的互道"晚安"……

那些在爱情里养成的习惯，已经成为生活的一部分，养在皮肤上，浸入血液中，刻在骨子里，不是说改就能改的。就像兔兔的男友没有对她说"晚安"，这一天就不算过完。

02

第二天一大早,兔兔又给我发来消息,说她男友凌晨4点给她发消息,并跟她道歉了。

他昨晚有应酬,手机没电了,加上喝多了酒,到家就睡着了。等到睡醒,连忙给手机充电,开机给兔兔发消息,并不忘跟兔兔说一声"晚安"。

兔兔早上醒来时,睁眼就看到男友的消息,原本的烦躁不安一下子烟消云散,满满的笑意又洋溢在兔兔的脸上。

"我心疼他工作辛苦,他为了我们将来在一起一直在努力。"兔兔说。

另外,让兔兔感到踏实的是,不仅仅是自己一个人在乎说"晚安"这件事,原来在男友心里,也一直很重视。

这是属于他们两个人的恋爱世界里的小仪式。就算有事耽搁了,也不忘补上这句"晚安"。

睡前的一句"晚安",不只是一个形式,更像是一份牵挂。

夜深人静,是人情感最细腻的时候。对于恋人来说,"晚安"就是我爱你,晚是世界的晚,安是有你才安。

没有你的"晚安",晚晚都不安。

03

兔兔的故事在我心里泛起了一阵小涟漪。于是我发了个朋友圈:你有没有喜欢的人每天跟你说"晚安"?又把这个问题抛到好几个微信群里,不少朋友都表示"有",有些朋友还迫不及待地跟我私聊,让我收获了不少有趣的留言和消息:

・我很开心地放下手机睡觉,保证不会再拿起手机。(@spring)

・即使睡着了,第二天醒来看到,我也会觉得很幸福。(@小阳阳)

・以前有一个男生喜欢我,他跟我说"晚安"是有特别的意义的,是"我爱你"的意思,当时我觉得好蠢好无聊。等到后来我遇到了一个我喜欢的男孩子,有一天他对我说了"晚安"之后,我彻夜难眠。(@柠檬草)

・每次收到喜欢的人发来的"晚安",总会想起将来万一有一天,他再也不跟我说"晚安"的样子。毕竟,多少黑名单,都曾互道"晚安"。(@凤梨酥)

・我也会笑着对他说"晚安",然后把我们当晚的聊天记录再看一遍,最后安心地入睡。(@夏日里的葵花)

・收到他的"晚安"信息,一般我都忍着不回复,这样第二天才有理由跟他联系。是的,我喜欢他,不知道他喜不喜欢我。(@yoyo)

说实话,看着这些消息的时候,我的内心是愉悦的。

世间美好的事物总是容易互相感染的,对于上面留言的人来说,这个美好的事物就是爱情啊,我感同身受,甚至让我想起自己也曾像个傻瓜似的和某个人说过"晚安",也傻傻地一直等待着对方对我说"晚安"。

亲爱的,你是否也有过收到一句"晚安",让你温柔地微笑的时候?

你是否也有过千言万语,犹豫着说不出口,删了又删,只好打出"晚安"两个字的时候?

你是否记得你和他说"晚安"的时候,对方给你的回复是什么?

安？拜拜？或者一个表情？

谁心里都明白，"晚安"是说给自己最重要的人，说出来的是"晚安"，想的却是"我爱你"。

喜欢一个人的时候，简单的两个字都能带上无数的期待。

我对你未说出口的"喜欢你"，都藏在每天的"晚安"里。

04

还有一个小女生告诉我，她遇见了一个喜欢的人，见他的第一面，内心就一阵小鹿乱撞。

后来她跟男生要了微信，却不知道跟他说什么。疯了一般的思念，却不知道如何跟他表达，于是，便每天跟他说"晚安"，有时候他会回复，有时候他没有回复。

"对于他来说，'晚安'的意思是不想再跟我聊下去，而对我来说，'晚安'的意思是我喜欢他。"

听到她这么说，我突然觉得心酸。

在被喜欢的人那里，这可能只是一句礼貌性的结束语。但在喜欢的人这里，说出"晚安"这两个字，心中早已翻过山和海，鼓起十分的勇气，带着万分的期待。

我只能祝福她，也许有一天，她那含蓄的"我喜欢你"，会得到对方热烈的回应。

世上最温暖的两个字，是从你的口中说出的"晚安"。

一句"晚安"，胜过千万句蜜语甜言。

早安，午安，晚安。

有你在，我才心安。

认同的关系，
磨合的婚姻

婚姻，不该是两个人相互指责地熬日子，应该是相互欣赏。哪怕日常乱如麻，也要发现伴侣身上的光，让彼此拥有爱的力量，让生活越来越敞亮。

"结婚以后,你愿意陪我一起吃苦吗?"
"我不愿意。"

01

柚子是我的一个读者,上个星期在后台给我发消息,她说,近一个月来,她一直徘徊在人生的十字路口,举棋不定。

柚子大学毕业后,在一线城市工作。去年认识了现在的男友,当时柚子27岁,男友36岁,在同一个城市工作,谈了一年多的恋爱,前段时间在考虑结婚的事。

柚子说,在恋爱期间,她从不过问男友经济方面的事情,觉得他有一份稳定的工作,年薪十几万,拥有不错的经济来源。

可在两个人商量结婚的时候,柚子才发现,男友工作十几年,几乎没有存款。男友平时花钱也不是特别大方,两个人住在一起后,男友和柚子都拿出工资作为日常生活的开支。

那他的工资哪儿去了?为什么存不下钱?

柚子的男友据实以告,他来自十八线小城下属的农村,父母老实巴交,靠打零工供他上大学。所以在工作几年之后,男友拿出所有的积蓄,以父母的名字给父母在当地的城区买了一套三室两厅的房子。当地的房价不高,所以柚子的男友是用全款买的。

"我爸妈这么多年不容易，我买套房子给他们养老是应该的。"他对柚子说。

男友还有一个弟弟，上学时成绩不好，初中毕业就出去打工了，后来有人说媒，一拍即合，当即订婚。当时，未过门的弟媳妇就要求，婚后不愿意跟公婆住在一起，要求他家再买新房。

柚子男友的父母又把期盼的眼神投在了大儿子的身上："你弟弟没什么本事，挣得都是血汗钱，好不容易说门亲事，不能黄了，你是哥哥，工资那么高，你得帮你弟弟一把。"

看着老泪纵横的父母，柚子的男友咬咬牙，又以弟弟的名字在当地的城区贷款买了一套三居室，毫无疑问，这套房子的贷款是他在还。

婚事操办上，柚子的男友出钱出力。弟弟结婚之后，先是生了个女儿，后又生了个儿子。他们小夫妻在工厂做工，俩孩子父母带着，平日小夫妻还去父母那里吃饭。

"你弟弟他们工资不高，两个孩子抚养起来吃力，你是哥哥，还没结婚，用钱的地方不多，你能帮衬点就帮衬点。"这是父母的原话。于是，柚子的男友又帮衬了，除去贷款，每个月再打给父母几千块钱作为生活费。

02

柚子的男友是向柚子求婚后坦白这一切的，柚子当时就愣住了。

柚子问他："你把一切都给了别人，你拿什么跟我结婚？"想不到，男友一听这话就火了："他们是我的父母，是我的弟弟，都是我的家人，不是别人！我对他们好是应该的！"男友理直气壮。

"假如结婚的话，你家出多少彩礼？我们在哪里结婚？房子怎么办？"这些都是现实问题，柚子不得不问。

"现在都是什么年代了？还要彩礼？那是卖女儿！咱俩不搞这一套！"

"结婚也简单，咱们暂时先租房子结婚，等我把家里的贷款还清了，我们就一起存钱买房子，我们俩的工资加起来，用不了几年就能存够首付了，好吗？"

"柚子，我是真心爱你的。结婚以后，你愿意陪我一起吃苦吗？"

"柚子，我希望结婚之后，你跟我一起孝敬我爸妈，把他们当作自己的爸妈，对他们好，他们真的很不容易。"

男友说完，期待着柚子的回答。

柚子心乱如麻，一方面确实对男友有感情，一方面又觉得未来没什么希望。柚子跟男友提出，能不能让他爸妈把他们那套房子卖了，几年下来也升值了不少，加上柚子爸妈的全力支持和自己的积蓄，在深圳付一套小居室的首付还是没什么问题的。

"父母把我养大不容易，这套房子是报答他们的，怎么可以卖？"男友说。

想不到，不仅男友不同意，男友的父母和弟弟也跳出来表示反对：

"强仔，我们老两口别无所求，就想在城里有套自己的房子，你要是卖了房子，村里人该怎么笑话我们？"父母说。

"哥，现在还没结婚，嫂子就要卖爸妈的房子，你让爸妈住哪儿？将来你们要是结婚了，嫂子能和咱爸妈相处融洽吗？"弟弟说。

柚子把这事告诉了自己的爸妈，爸妈态度很坚决，要求柚子跟男友分手，不同意这门亲事。"你要是不跟他分手，我们就跟你断绝关系。"柚子的爸妈发狠道。

柚子便跟男友提出分手。

男友冷笑道："哼，我算是看出来了，你跟别的女人没什么两样，还不是物质、拜金？还不是嫌贫爱富怕吃苦？"

03

有这么一种歪理——在感情里，两人因为钱而导致了情感波动，生出了裂痕，那就是女人的错，是女人的贪婪虚荣，是女人太物质，就应该被鄙视的。

事实上，婚姻是两个人的结合，应该是让两个人都过得更好，而不是让人过得越来越差，越来越潦倒，不然还不如单身。

当然，我不是让女人们唯利是图，离开一无所有的男人。

有些男人，哪怕现在什么都没有，但是有一颗为小家庭奋斗的上进心和责任心，并为之努力。假以时日，随着资本的积累，两个人想要的终究会靠他们的双手创造而得到，会过上属于自己的小日子。

而柚子遇到的是什么样的情况呢？

男友的父母和弟弟随时开口向男友索取，而男友呢？丝毫不为自己做打算，不为自己未来的老婆、孩子、小家庭做打算，并且还要求柚子将来跟自己一起承受大家庭的负担。

柚子经济独立，性格温和。被爸妈小心呵护，她沐浴着阳光长大，凭什么跟你在一起之后，要经受狂风暴雨？

人家姑娘本来在平坦的大路上走得好好的，凭什么要被你拉下泥潭？

人家姑娘本来过着无忧无虑的日子，凭什么要求她跟你一起吃苦？

04

我让柚子思考一下，假设你跟这样的男友结婚了，未来的日子会是什么样？

结婚时，他的海誓山盟让你觉得未来会很幸福，可生活不是那么简单的，以后的日子里，柴米油盐酱醋茶都要你去操心。和这个每月还完房贷、给家里人打完生活费之后一分钱不剩的人一起把日子过好，这是你要面对的现实。

人们都说，两个人在一起，家就建立起来了。可在陌生的城市打拼，一直租房住，是终究建立不起城市中有家的归属感的。如果有了孩子，你会更想拥有一套属于自己的房子，让三口之家的生活在自己的小天地里进行，经济的紧迫感会压得你喘不上气。但现实中还有更多的事情等待着你：

弟弟的房贷还没帮着还完，自己家的车贷还要按时还款。

孩子渐渐长大了，早教、兴趣班、营养品等，都需要不断地消费。

双方父母年龄大了，应该抽时间带他们去旅游，去看看外面的世界。

护肤品又空瓶了，还"种草"了很多，但只能选择一瓶……

你看，之后的生活里，还是有很多需要面对的困难吧。但是，两个人的工资根本不够维持小家的生活，你的爸妈跟着心疼你，不停地给你贴补着。你说你到时候能开心起来吗？

05

其实，女人不怕和男人受穷，就怕和男人受穷受得没希望，得受一辈子，看不到未来，这才是令人绝望的。

现在，越来越多的姑娘开始意识到，坚持以经济建设为中心不动摇才是真的。

我是语文老师，我打个不太恰当的比方，结婚就好比是一场考试。

婚前的谈恋爱，是试卷前面的选择、判断和填空题。到了结婚前的双方考验，相当于阅读理解题。而婚后的经济状况，就是最后那道40

分的作文题。

就算你前面的感情题做到了满分，最后的作文没写完，这场考试照样是没考好。

我看过不少案例，很多原本开明的父母却阻碍自己的女儿嫁给凤凰男，原因就在这里。试想一下：你有一个养了20多年如花似玉的姑娘，你舍得她跟一个一穷二白的男人去住出租房？

所以，那些要求女孩子婚后跟他一起吃苦的男人们醒醒吧，别玩道德绑架了，好吗？

人家姑娘本来可以欣赏夜的巴黎，踏过下雪的北极，却只能跟你窝在家里，当你们一家人满意的媳妇，这就是你的爱情真理？

姑娘，一个真正爱你的男人，是舍不得让你一直吃苦的。

苦一时，可以。苦一辈子，不行！

最后，我想对"柚子们"说——当一个男人理直气壮地问你："结婚以后，你愿意陪我一起吃苦吗？"

请你们直截了当地告诉他："我不愿意。"

眼里有光,彼此欣赏

01

2018年1月12日,蔡少芬发微博庆祝自己结婚十周年。从微博的内容中可以看出,蔡少芬婚后真的是非常幸福,有那么一个疼爱自己、疼爱孩子的老公,婚后十年的生活充满爱。

就在蔡少芬发微博后不久,张晋的微博紧随其后,也是新一轮的秀恩爱、晒幸福。

网友们都被甜到了,纷纷表示:这波狗粮撒得猝不及防。

看来蔡少芬真的是嫁对了人,嫁给了爱情!

蔡少芬一直是我喜爱的演员,她的演艺事业顺风顺水,光环罩身。在内地发展也是光彩夺目,她在《甄嬛传》中饰演的皇后一角,演技炸裂,深受观众喜欢。

2008年,蔡少芬"下嫁"张晋,一个是知名女演员,一个是名不见经传的武术演员,很多人都觉得蔡少芬嫁得可惜。但事实证明,他们是娱乐圈难得的一对恩爱夫妻。

蔡少芬和张晋结婚之后,一直被外界认为是"女强男弱",张晋也被媒体形容为"穷武师""蔡少芬老公",被冷嘲热讽地说成"吃软饭"。

但蔡少芬处处护着老公,夸老公帅,夸他演技好,对老公的欣赏溢于言表，甘愿做一个幸福甜蜜的小女生，仰慕着老公。

后来，蔡少芬竟成了"炫夫狂魔"，逢人必夸老公。

对此张晋表示："她真的太爱秀了，私底下在她的朋友面前也是这样夸我，有时候，我真的不好意思，毕竟我的性格不是那么高调。但她是我的老婆，这么做，我必须接受。说真的，这也不是什么缺点，我反而要学习她这一点，会欣赏别人。"

而张晋同样欣赏蔡少芬，夸老婆漂亮、智慧，肯花心思逗老婆开心。

在张晋默默打拼多年之后，凭借《一代宗师》影片里"马三"一角，改变了他在人们心中的形象。

最令我感动的是，张晋在发表获奖感言的时候，哽咽地说道："要感谢我的太太蔡少芬，对，我的太太是蔡少芬。有人说我这辈子都要靠她，我可以告诉大家，没错，我这辈子的幸福都靠她了。我谢谢她陪我一起走过所有的艰难，在我最低谷的时候，我态度很不好地对她说：'只有你一个人欣赏我有什么用！'今天，谢谢你们颁奖，给我鼓励，让大家知道，除了我太太，还有其他人欣赏我。我们在结婚的时候说过一句话，'要风雨同路'。风雨我们有了，希望还有更多的风景，我们一起同路。"

台上的张晋真情流露，台下的蔡少芬喜极而泣。

连我这个看视频的观众，也被气氛感染得羡慕不已。

蔡少芬和张晋，这段世人眼里女高男低的婚姻，走过十年风风雨雨。在人言可畏的岁月里，如果没有互相扶持、没有彼此欣赏鼓励，怎么能走下去呀？

02

有一天早上，我带着儿子去楼下的馄饨店吃早饭。

店里人多，只能拼桌。跟我们同桌的估计是一家三口，小夫妻看样子比我小几岁，孩子应该上低年级。

孩子胃口小，一碗馄饨吃不下，女的怕浪费，便把孩子碗里的几个馄饨放到自己碗里来了。只见男人一脸嫌弃地说："你吃这么多啊，你是猪啊！你这个冬天胖了有五斤了吧？"

声音不小，很多人都听到了，女人明显地感到尴尬，并不作声，闷头吃馄饨。

孩子吃完了，坐不住，把屁股下的凳子扭来扭去。男人训斥了一下孩子，又指责女人道："也不知道你是怎么教孩子的，这么皮！一点规矩都没有！"

女人听不下去，立马火了："你说我不会教，那你来教啊！下了班就赖在沙发上打游戏，喊都喊不动，你还好意思说我……"

一大早，这对小夫妻就在馄饨店吵开了，他们互相指责，饱含讥讽，互不相让，孩子在一旁傻愣着。

店里的其他食客在打圆场："好了好了，都少说两句。"

当时我就在想：如果一对夫妻，彼此带刺，吹毛求疵，总是盯着对方身上的缺点，大肆攻击，真的伤人伤己。这样的夫妻，谈什么恩爱？这样的家庭，哪有什么温度可言？

更恐怖的是，夫妻关系紧张，孩子也会有样学样，从父母的言行中，他学到了最习以为常的东西。他在日常学习和生活中，在与人交往中，也会成为一个只知道挑剔而不知道欣赏别人的人。

03

我的一个男性读者邱先生向我倾诉："我受不了她了……我想跟她离婚……"

邱先生告诉我，自从结婚以来，他在老婆面前像一个玩具，总是被她要来要去，无论他怎么做，怎么改变，老婆都对他不满意。

以前，邱先生在一家机关单位上班，工作轻松，离家近，只是赚钱不多。他老婆就一直说他窝囊，不会赚钱，不知道去创业，经常拿他跟闺蜜的老公比，说他害得自己在朋友面前低人一等。

后来，他咬牙从单位辞了职，开始下海创业。可是换了好几个行当，都没什么起色，颗粒无收。

老婆在家又是没好脸色，说他干什么都不成，她嫁给他真是倒霉。

他忍无可忍地回嘴："你看谁顺眼就找谁去啊，你这么势利眼，我还后悔呢！"回嘴的后果，又是一场家庭大战。

再后来，老天爷终于眷顾邱先生了，他的生意红火起来，事业上顺风顺水，小有成就，赚得不少。

可是他老婆又开始讥讽他，说他小人得志，不懂得低调。说他有了钱，依然没有品位……

邱先生无奈地告诉我："我都害怕回家，就怕她说我这里不好，那里不对，把我说得一文不值，我对我们的婚姻真的没有信心。"

你看，这就是恶语中伤的后果。

妻子如果一味地指责丈夫，看不到自己丈夫身上的闪光点，那么丈夫肯定不堪重负，甚至有可能逃之夭夭。

04

那么，彼此欣赏的夫妻，是什么模样呢？

我就特别欣赏我闺蜜妮妮的老公的做法，不管什么时候，妮妮在他眼里都是棒棒的，把她夸成了一朵花。

我和妮妮一起逛街买衣服，妮妮把买回来的大衣展示给老公看，他没有敷衍,而是由衷地赞美:"你眼光真好,会挑衣服,这件衣服穿起来特别好看。"

妮妮的老公还不忘告诉我,妮妮给他买的衣服,他都非常喜欢。

上周,我和妮妮一起去剪头发,妮妮换了个短发。剪完之后,她不禁懊恼不该剪去长发,短发不如长发妩媚。

谁曾想,她老公仔仔细细地端详之后,居然连夸这个发型好:"真漂亮!你剪这个短发显得更年轻俏皮。"一句话,驱散了妮妮脸上的愁容,反而把她逗得笑起来。

你看,从老公的言谈举止中,老婆获得良好的心理满足感,心情也愉悦起来。

因为作为老婆,没有比老公的赞赏更有意义的了,即使是长相一般的女人,只要老公认为她美,并且能够准确指出她的独特之处,表示出发自内心的赞美和爱,她就不会为自己的相貌平平而担心和苦恼了。

同样的道理,对于老公来说,老婆对老公的欣赏也会起到鼓励的作用,更会促进夫妻关系的和谐。

比如老公难得下厨做顿饭,不会说话的老婆也许会讥讽:"哟!今天太阳打西边出来啦?怎么想得起来做饭的,良心发现啦?"

你说,正在辛苦做饭的男人还会有好兴致吗?我敢保证,他下次绝对不会再下厨。

懂得欣赏老公的女人会怎么说呢?

就算老公做的饭菜再怎么不好吃,她也会肯定老公主动下厨的积极性,也会对老公的厨艺表示赞赏:"老公,谢谢你做饭给我吃。我觉得味道还不错呀。"

即使老婆委婉地指出男人在厨艺方面还有进步的空间,他也会欣然接受,心里美滋滋的,争取下次改进。

夫妻感情需要培养，相互欣赏是其中的关键之处。夫妻之间，最忌讳的就是忽视对方积极的表现。

人都有自尊心，夫妻之间彼此互相鼓励，互相欣赏，让对方能随时随地感受到你永远是他/她心中最好的!

这样的欣赏才是知己者的欣赏，胜过其他的付出，婚姻生活也会因此而日益增色。

05

好孩子是家长赞美出来的，好学生是老师赞美出来的，好员工是领导赞美出来的，好夫妻是夫妻双方互相赞美出来的。

夫妻之道，千言万语，似乎可归纳为两个原则：一是努力使自己被对方欣赏；二是努力去欣赏对方。

夫妻双方，无论是哪一方，都不要在平淡的婚姻生活里放逐自己，应该不断地进步，提高自己的能力，增加自己的魅力。

这样的你，才值得被爱，被尊重，被欣赏。

同时，对你的爱人也不要吝啬你对他/她的欣赏，这是对对方的一种承认、肯定和鼓励。

婚姻，不该是两个人相互指责，熬日子，而是两个人相互欣赏，共同成长。

哪怕是在乱如麻的生活中，也能发现伴侣身上的光，让彼此拥有爱的力量，让生活越来越敞亮。

大方花钱,是爱情给你的底气

01

星期六下午,静静约我逛街。

在一家服装店里,我和静静一件件地试穿,在镜子前不停地招摇着、臭美着。

这时,静静被模特身上的一件淡绿色风衣所吸引,我也觉得这件衣服很适合静静。

静静忙不迭地换上了,喜滋滋地摆着各种姿势查看,样式不错,颜色清新,这件衣服把静静白皙的皮肤衬得越发光洁,我认为这件衣服简直就是为静静量身定制的。

我正撺掇静静买下这件衣服,静静却用手机给镜子里的自己拍了照,发给自己的男友袁源看,问他好不好看。

很快,袁源回了信息:"好看!买!多少钱?"静静打出了几个数字,袁源随即微信转账过来。

我不禁打趣静静在我面前秀恩爱,静静笑着告诉我,她不是没钱,也不是买不起,而是在享受这种男友给钱花的快乐。

我说我懂。

从男人的角度来讲,力所能及地给自己所爱的人花钱,这钱就不再是数字,而是温暖。这温暖,和拜金、功利没有任何关系。

而有了这温暖,钱上有多少俗气的细菌,也都是干净的——被爱情消了毒。

02

上学时,我偶然读到张爱玲的这句:"能够爱一个人爱到问他拿零用钱的程度,那是严格的试验。"那时我不甚理解。

现在我渐渐明白了这句话的道理。

问他要零花钱,是一种爱的境界,是对他不生分,没有亏欠感,你的就是我的,我的就是你的,不分彼此,水乳交融。

女人对男人最深厚的信任,就是没有顾忌地开口索取,这种脱口而出的大大方方,是因为自己很爱这个男人。女人只有把他当作生命中不可或缺的一部分的时候,才会心安理得、无所忌讳。

而男人只有非常爱一个女人的时候,才会心甘情愿地为她花钱。

能自然开口的,才是最真最深的情感。

当然,女人是不会随随便便问某个男人要零花钱的——这个人必须是自己爱的,也是爱自己的,明确知道这个男人爱她宠她到没有任何计较的程度。

这是爱情给她的底气。

如有顾忌,那就是有距离。如为施舍,就更不可能开口。

03

买好衣服,静静邀我去她家吃饭,说正好袁源也在家。

到了静静的新居,看到袁源正在厨房里洗菜、切菜,静静连忙拿出购物袋里的新衣服,展开比画着,示意让袁源再看一遍。

袁源夸张地赞美:"好看!我家宝贝穿什么衣服都好看!"

静静得意地笑了。

突然,静静脸色一变,四处张望后说:"袁源,你闻闻,是什么烧糊了?"

袁源认真地四处闻了闻,皱着眉头,停顿了一会儿后盯着静静,发出疑问:"你是不是放屁了?"

果然,静静哈哈大笑,恶作剧得逞般地神气起来,逗袁源:"请你吃屁!请你吃屁!臭屁都被你闻过去了!"

这回,换袁源跟她打闹,两个人在厨房里嘻嘻哈哈,叽叽喳喳,有说有笑,有吵有闹。

04

我看着静静在袁源面前完全不顾忌自己形象的样子,想起了静静之前谈过的一次失败的恋爱。

静静曾对我说:"我的恋爱让我感到很累。"

她谈恋爱时,就像穿上了一件盔甲,戴上了一个面具——她不敢在男友面前大口地吃饭,不敢打嗝,不敢剔牙,怕他嫌弃她吃相不雅;也不敢在他面前随便说话,不敢开玩笑,怕自己说错话让他不高兴;她更不敢对他提任何要求,包括钱,怕他嫌她烦……

静静的那次恋爱,就像让她脱了一层皮那样累,她无法在男人面前轻松地表现真实的自己,为了博取对方的好感,总是表现得小心翼翼。为了不给对方留下不好的印象,她不敢表达自己的真实想法。

也许有人会责怪静静:做自己好了,为什么要掩饰自己?

不!这个还真不能怪静静。一个女人可以在男人面前肆无忌惮、毫无顾忌,其实是男人给了女人底气。

这个底气从何而来?是男人对女人打心眼里的在乎和全心全意的

爱啊！

说到底，静静感受不到来自前男友的在乎和爱，所以才如此忐忑不安、战战兢兢、如履薄冰。

在我看来，夫妻之间、恋人之间都不能随意地打哈欠，面对自己的爱人，面对将和自己共度一生的人，居然还需要掩饰，那是多么悲哀。

掩饰背后，其实是内心的不踏实与不信任。

试问，这样的爱情，怎能经得起岁月风雨的考验、曾经沧海的发酵、天长地久的打磨呢？

05

不知在哪里听过一句话："当恋人之间可以在彼此面前毫不掩饰、肆无忌惮地放屁时，便是可以迈入婚姻殿堂、相伴一生的时刻。"

也许有人认为好笑，觉得婚姻要是以能否随心所欲地放屁来权衡的话，未免太过荒唐。

仔细想想，一个人能长久地包容你放屁，这一生活中最真实、最不起眼的细节，包容放屁所带给他人的嗅觉和身心折磨以及给自身带来的形象丑化，那么，这个人就一定能包容你的一切。

换位思考，当你能在他面前视若无人、随心所欲地放屁时，则表明他可以接受你最日常的一面了，你们互相之间不会嫌弃对方。

当修炼到如此境界时，还愁没有两个人在一起打哈欠的幸福吗？执子之手，便是如此与子偕老的。

三毛说过："爱情，如果不落实到穿衣、吃饭、睡觉、数钱这些实实在在的生活里去，是不容易天长地久的。"

如果一个人真的爱你，就是可以接受你在他面前无所顾忌地打嗝、放屁、挖耳朵，也可以接受你不洗脸、不梳头、不化妆。

06

两个相爱的人在一起久了,当初小心翼翼的夸赞都会变成相互拆台的打趣。

"你肚子上的肥肉好软好暖,摸着好舒服呀!"

"你错用了我的牙刷,不过没关系,就当间接接吻好了。"

"快来帮我挤痘痘、挤黑头!"

你的小怪癖不再刻意掩饰,我的小缺点不再羞涩忌讳,两个人的偶像包袱全部放下。什么丑样子都见过,什么恶心的话都敢说,没羞没臊,对方却从不介意。

可以随时温柔,可以随时"逗比",可以有恃无恐,可以作天作地,因为你不嫌弃我,我也不嫌弃你。

一切都因为你爱我,我也爱你。

好的婚姻,离不开好好说话

01

每个人都有情绪,情绪是一种心态,一种反应,一种心理活动。情绪左右着一个人的思维与判断,影响着一个人的语言和行为。

一位教育家说过,成功的秘诀就在于懂得如何控制自己的情绪。

而在我看来,大多数人在日常生活和工作中,很难管理好自己的情绪,情绪问题如果得不到控制和处理,就会借着话语发泄出来。

而听者呢?自然不愿意为你的不良情绪买单,你恶言,我恶语,你来我往,最后把一切事情都搅得面目全非。

别看我在吐槽别人,其实就连我自己也做得不够好。就在前几天,我跟周先生闹得不愉快了。

那天,周先生去江阴办事,说是到晚上才能回来,我和小鸟儿在家看书写文,约好了等他回来一起吃晚饭。

到了晚上七点,小鸟儿坚持要去楼下的露天游泳池玩水,因为之前答应过他,为了不失信于孩子,我便同意了,让他一个人下楼。我再三关照小鸟儿,8点之前必须回来。

我本想的是,周先生8点到楼下,等我们母子下楼一起出发就好了。我计划得挺好的,是不是?

可是,我忘了小鸟儿一玩起来会忘了时间。8点到了,小鸟儿还没回来。

而此时,周先生已经到了楼下,打电话让我们下楼。我只得在电话里跟他商量:"小鸟儿还在游泳池那里,等他回来了,我跟他一起下去,你在楼下等我们,先在车上休息一会儿。"

我这话说得不错,是不是?可周先生当时来了句:"我忙了一天,又累又饿,看家具看家电,还要找人安装……你就不能不让小鸟儿去玩水?你一点都不心疼我。"

什么啊!本来我听到第一句话,内心还挺歉疚的,可是这最后一句话成功激怒了我——我不心疼你?我不心疼你?我为你端茶递水、铺床叠被、洗衣做饭、照顾老小,还要照顾大金毛,为的就是不让你有后顾之忧,你说我不心疼你?

我的怒气也上来了,在电话里反唇相讥、寸土不让:"你又累又饿,我也忙了一天啊,我也没吃饭啊!你居然说我不心疼你,你这个没良心的!"

你看,我也没说什么好话。

我气呼呼的,感觉到电话那头的周先生也是气呼呼的。针尖对麦芒,一触即发。

我迅速在心里组织了千百句话准备用来回复他,无论他说什么,我总能反驳他,说他个哑口无言,说他个无言以对。

来呀!互相伤害呀!

哪晓得,周先生"啪"地把电话挂了。

好比是正在大口大口地喝水,突然噎住了似的,我握着手机愣在客厅。罢了,我收拾东西下楼,直奔游泳池,高音调、大嗓门地在一大群孩子间叫小鸟儿赶紧出来。

小鸟儿听到了,很快就从泳池里爬了上来,他撒开脚丫子跑到我身边。

我余怒未消,把负面情绪对着小鸟儿发泄道:"说好了8点回家,你怎么不记得?是把我的话当成耳旁风了吗?"

本来小鸟儿玩得忘乎所以挺开心的,他脸上还挂着玩水的兴奋,似乎还要告诉我一些好玩的事。

可是,我的话音刚落,小鸟儿的脸色顿时变了,变成了苦瓜脸。我那不好听的话浇灭了他想跟我分享快乐的欲望。

02

那一刻,我冷静了下来。

我们为什么不能好好说话?明明可以换一种心态,换一种说法,却偏偏把难听的话抛给对方,伤了自己最亲的人。周先生对我如此,我对周先生如此,我对小鸟儿也如此。

好好的家庭气氛,好好的亲子关系,生生地被几句不好听的话给破坏了,愉快的一天以不愉快的方式草草收尾。

说到底,我们都没管理好自己的情绪,把那冷冰冰的话刺向对方的心脏。

这种语言暴力带给对方的伤害,和打对方一巴掌有什么区别?

那多余的一句话,包含着疑问、指责、批判,负能量爆棚,足以使人爆炸,使家庭关系剑拔弩张,这样的生活,我并不喜欢,也相信所有人都不喜欢。

不只是家庭关系,其他时候也一样。

人与人之间的相处,谁都不想做别人的情绪垃圾桶,我们都要学会管理和控制自己的情绪,不要任由伤害别人的话脱口而出。

当你逞一时口舌之快,造成的后果不仅仅是一场骂战、一次冷战,更可能发生其他不堪设想的后果。

聪明的人,一定会好好说话。

在这里,有必要交代一下后续。

我拉着小鸟儿上车之后,面色已经缓和了,而周先生亦然,看来我们两个人都自我反省了。那么,之前的旧账就不必再提了,一家人高高兴兴地去吃饭。

吃完饭,周先生说去买点水果,他喜欢的西瓜,我喜欢的车厘子,小鸟儿喜欢的油桃,他都买了。

你看,完全没问题,这事已经翻篇了。

为了显示出我的贤惠,我说:"回家我给你切西瓜。"

到家之后,先是一通收拾,然后我在电脑前专心写文章,周先生躺在沙发上休息,用手机下棋。

也不知道过了多久,只听周先生在沙发上叹息:"唉……也不知道我睡觉前能不能吃上西瓜……"

我猛地醒悟过来:他这是在抱怨我没切西瓜给他吃!

我写文章入神,忘了这事了。可是,你就不能好好说一句"我想吃西瓜,你可以去切一下吗"?

当然,这些都是我的心理活动,没说出口。因为我想起之前的反思,强迫自己灭了火气,道:"好啦,我这就去切。"

我真是了不起。嘻嘻。

哪怕是一家人，相处也要有分寸

01

上周五，我跟周先生闹得不愉快了。准确地说，这事不怪周先生。

事情是这样的，那天晚上，我辅导完小鸟儿和小侄女的家庭作业，终于得空在电脑前写点东西。这时，小鸟儿嚷着屁股痒，要洗澡，我便让坐在沙发上玩手机的周先生去帮小鸟儿看看，顺便让他俩一起洗澡。周先生随即起身，拉着小鸟儿去卫生间。

这时，我妈突然走过来，严肃地对我说："你不能去帮孩子洗洗吗？他都辛苦一天了。"

"他"是指周先生。

当时我就愣住了，首先小鸟儿长大了，男女有别，爸爸看他的私处、带他洗澡，这是应该的。其次，周先生忙了一天确实辛苦，而我也没闲着，他乐意帮我分担，这也是应该的。

最主要的是，我让周先生带儿子去洗澡，我觉得没问题，周先生也觉得没问题，而我妈站出来指出我的安排不公平，觉得我不体谅周先生，而且是当着周先生的面说的这话，她这么一说，本来没有问题的事也会变得有问题。

我甚至在想，被我妈这么一说，周先生会不会觉得我确实不够体谅他的辛苦？

类似的事情还有不少,毕竟我妈平时住在我们这里,在她眼皮子底下,我和周先生的相处也就有令我妈看不惯的地方。

比如我正在忙着写文章的时候,会让周先生下楼去遛狗,我妈就会顺口说句:"让他这样爬上爬下,不累啊?"我便会有些不悦。

再比如,我和周先生平日说话开玩笑惯了,口无遮拦,哪怕我说"不好听的",周先生也觉得无所谓,这是属于我们之间关起门来的小玩笑、小情趣。在外面的话,我绝对不会这么讲。

但被我妈听到了,她又会一本正经地教训我:"你怎么能这么说话?"她是当着周先生的面说的,她一说这话,我和周先生之间的玩笑气氛全无,剩下的只有面面相觑的尴尬。

所以那天晚上,我跟周先生赌气了,觉得我妈心疼他而不体谅我,潜意识里认为周先生认同我妈的话,这当然是我无理取闹。

躺枪的周先生也觉得委屈:明明不是我的错,为什么要跟我生气?

后来,我和周先生讨论了一番,一致认为问题出在我妈身上。

我妈好不好?好!是不是好心?是好心!但是她没把握好与晚辈相处时的分寸感。

有人也许会说,都是一家人,是自己的亲妈,说分寸感太过生分了。

可是事实上,越是亲近的人,越是自己身边的人,相处时越要注意分寸感。如果没了分寸,打着为小夫妻好的旗号,做的却是有离间嫌疑的事,那么给予小夫妻的伤害也是最深、最致命的,等于是枉做好人。

古人说:"不聋不哑,不做家翁。"可见真正聪明地为子女计深远的父母是要学会装糊涂的,他们懂分寸,知进退,分得清何时该挺身而出,何时又该装聋作哑。

夫妻之间定然最懂得彼此的性情，偶尔小吵小闹是生活的调剂品，父母要相信儿女有足够的智慧面对婚姻琐事。若实在难以解决，父母再挺身而出也不迟。而若非原则性问题，父母则躲得越远越好，实在无须较真。

这个不较真，就是父母与子女之间的分寸。

02

清明假期的第二天，我和闺蜜禾子带着孩子去兴化看千垛菜花。因为是个大热天，一圈玩下来，我们都有点蔫蔫的，我便提议去泡温泉。

因为是临时起意，事先没有准备泳衣。到了目的地，我和禾子先去购物区买泳衣。泳衣陈列在货架上，花花绿绿，款式挺多，我们俩边看边选，相互评论着哪套好看。

旁边有一对中年男女，从他们的对话中听得出是一对夫妻，女的也是在仔细地挑选着合适的泳衣。

等到我们去结账的时候，那个女的手里拿着一件泳衣正在征求男人的意见："这件好看吗？"谁曾想，男人立刻答道："40多岁的老女人了，随便买一件就好了，谁会看你啊？"

声音不小，语惊四座，我和禾子还有收银员都不约而同地转过头去看那个女人。

说实话，女人确实上了年纪，但颇有一番风韵，打扮也考究，不是那种苍老丑陋得不能入眼的女人。

见我们在看她，她的脸就红了，神情很是尴尬，她瞥了男人一眼并小声责怪道："怎么说话呢！"

估计男人也是开玩笑，却不知道在大庭广众之下收敛，依然顺嘴道："我说得不对吗？你本来就是40多岁了嘛！还能装小姑娘啊？"

男人是笑着说的，也许他觉得老夫老妻之间开开玩笑无所谓，可是这样的玩笑话却让妻子在众人面前出丑，下不来台。

后来，我跟禾子泡完温泉，就去池边的躺椅上休息。正巧看到刚才买泳衣的女人也在，她正躺着静静地翻看一本书。

我俩不禁为她利用碎片时间来阅读感到佩服，突然看到她先生朝这边来了，边走边嚷："真是假正经，没来看什么书？"

女子欲言又止，看了我们一眼，悻悻地收起了书。

当时我和禾子就感叹：夫妻之间相处也要懂得分寸，即使再亲密，即使再熟悉，也不可失了分寸，这个分寸就是彼此间的互相尊重、互相维护，而不是当众打脸。

相互陪伴的人，自以为熟透了，说话做事失了分寸，心里没数，不知对方心里会介意，弄到最后，关系反而会疏离。

03

就算是一家人，相处时也要有分寸。

分寸感是成熟的标志，分寸是人与人之间必要的距离。这个距离意味着尊重对方的独立人格。

家人相处的分寸感，就是父母进子女房间时懂得敲门，不随便翻看孩子的日记本，不偷听孩子的电话，不窥探孩子的秘密。

家人相处的分寸感，就是夫妻之间以礼相待，尊重对方的兴趣和隐私，给予对方信任和个人空间，不随便翻钱包、翻手机，手机密码和支付密码不一定非要让你知道。

家人相处的分寸感，就是夫妻之间在大庭广众之下给足对方面子，不拆台，不打脸，不碰软肋，不触底线，不揭伤疤。

家人相处的分寸感，就是公婆不过分干涉儿子媳妇的生活，懂得睁只眼闭只眼,不在儿子面前说媳妇花钱大手大脚,不说风凉话,不撺掇儿子跟媳妇置气。

家人相处的分寸感,就是儿媳女婿乱买东西、爱看韩剧、迷恋手机、不爱做家务、喜欢下馆子时,长辈就当看不见。两代人受的教育不一样,价值观和生活方式也不一样。

家人相处的分寸感,就是老人不在外说儿子、儿媳、女儿、女婿的毛病,不碰他们的衣橱抽屉,不洗他们的内裤内衣。

家人相处的分寸感,就是小夫妻有矛盾时,公婆不插手,岳父母不干涉,不帮着自己家孩子批评别人家孩子,有小姑子的,小姑子也不多嘴,让小夫妻自己解决。

家人相处的分寸感,就是双方父母不跟小夫妻抢夺教育孩子的权利,哪怕他们再没有水平。

家人相处的分寸感,就是不轻易挑战对方的底线,心中有把尺子,行动有克制,互有忌惮和包容。

作为相亲相爱的一家人,这个"爱"要在有分寸的基础上。良好的分寸,进退有据,不卑不亢。

不能爱着爱着就昏了头脑,失了分寸,像一部制动失灵的汽车,飞驰起来只顾着潇洒了,完全不顾忌前路可能有坑洼、岔道、围墙,在急速中眩晕,不知道会撞向何方,不知道会不会车毁人亡。

愿每个家庭里的每个人,既有爱,也有分寸感。

要知道,一家人越有分寸,这个家的生活就越容易过得幸福。

遭遇家暴，这不幸的婚姻

01

青麦抱着孩子来我家时，她气喘吁吁，惊魂未定。哪怕我让她喝了点水，安抚她一番之后，她还是心惊不已，声音颤抖。

我叫她慢慢说。

事情是这样的：早上，青麦带着孩子坐在老公大志的车上，一起前往江阴探亲。

从江阴回泰兴的路上，大志一不留神，忘记从泰兴东下高速回市区，而是继续北上，往泰州开去了。

半途不好下高速，必须到泰州出口才能掉头。大志便不高兴了，开始恶狠狠地责怪青麦："都怪你，跟我说话，让我分神，要不然我也不会错过出口！"

青麦觉得很冤，明明自己坐在后座，陪着孩子牙牙学语，根本没跟大志说什么，怎么怪到她头上了？

青麦不辩解还好，一辩解，大志越发火大，控制不住地嚷道："那还不都是因为你在后座说个不停，影响到我开车！"

大志说完这话，就把油门踩得嗞嗞响，飙起了车，在车流量还挺大的宁通高速上，一会儿加速，一会儿减速，在车辆间穿梭，擦着别的车辆呼啸而过。

青麦吓坏了！她紧紧地搂着孩子，紧张得要命，生怕出什么意外。青麦还得拼命地忍着内心的恐惧，假装镇定地提醒大志："开慢点！宝宝还在车上！"

可大志"哼"了一声，根本不听青麦的劝告，依然把车开得既快又猛，风驰电掣一般。

"是你害我开错的！"大志冷冷地说，依然是我行我素。

从泰兴东到泰州，再到泰兴北，这一路高速行程，大志开了差不多30分钟。

这是青麦人生当中第二次觉得在车上的时间太漫长了……

她紧张到手心冒汗，小腹胀痛，竭力克服恐惧心理，她一边保护怀里的孩子，一边苦口婆心地劝说大志，心中暗暗祈祷：千万别出事，孩子不能出事！青麦甚至都不能确定他们能不能安全到家。

我问青麦："你说这是第二次？"

青麦点点头，说："第一次也是这样的情况，一模一样，也在高速上飙车。那一次，发生在我怀孕六个月的时候。"

02

听着青麦的讲述，我一阵一阵地感到心惊。

一个大男人，明明是自己开错车，却赖到老婆头上，连这点错误都不能承认，还指望他能承担多大的责任。

再者，车上坐着自己的老婆和几个月大的孩子，他却置他们的安全于不顾，开斗气车，开超速车。这样开车很容易发生事故，是拿老婆和孩子的性命当赌注。

青麦说："大志这个人，做事冲动，很容易走极端，大男子主义严重。"

事后，大志告诉青麦，他是用这样的方式来发泄心中的怒火，也是在惩罚她。

我小心翼翼地问青麦："你们吵过架吗？他……打过你吗？"

一听我这么问，青麦控制不住地哭了，像孩子似的，眼泪止不住地往下流。青麦说，在她怀孕的时候，大志就跟她动过手。

那天晚上，大志着急找他的衬衫，说第二天要穿，找不到，便连声喊青麦帮他找。

青麦孕期有些便秘，她当时在马桶上坐着，没能及时地出来找衬衫。

大志顿时火冒三丈，把卧室的衣橱、柜子和抽屉里的衣物全部翻了出来，一边翻一边扔在地板上，踩在脚底下，嘴里还在骂骂咧咧。

青麦看见家里一团糟，忍不住说了句："你发什么神经？"

这句话激怒了大志，他朝青麦嚷道："哪个老婆不是把男人的衣服收拾得整整齐齐的？就你啥事不干！别以为怀了孕，自己就有多金贵！"

说到愤怒处，他抓住青麦的肩膀，使劲地往地上一搡。青麦被推倒了，她不忘抱着肚子，怕碰着孩子。膝盖着地，当时就青了。

青麦哭着要回娘家，冷静下来的大志慌了，跟青麦连声道歉，说自己以后不会再犯。

可是，大志的暴力行为并没有收敛。随着孩子的出生、长大，加上柴米油盐的琐事，每当两口子有什么争执，大志便会对青麦非打即骂。

骂，都是骂的本地粗话，极其难听。打，都是揪头发、打耳光、用脚踢……青麦的脸上、身上都是伤痕。

青麦告诉公婆，公婆却帮儿子说话："他就那个暴脾气，你要是不惹他生气，他怎么会打你？"

青麦不忍心回娘家告诉自己爸妈，她妈妈老实巴交，爸爸之前患了胃癌，切除了二分之一的胃，一直在家静养，不能因此事影响到他的情绪，使他的病情恶化。

青麦的泪水止不住地往下流，哽咽道："有一天晚上，大志再一次跟我动手，用拳头使劲打我的腰和背。第二天一大早，我接到我爸的电话，我爸在电话里告诉我，他晚上做噩梦，梦见我被坏人追杀，就惊醒了。他问我有没有什么事，有事一定要告诉他……"

当时，青麦握着手机，拼命地捂住嘴巴，不让爸爸听见自己哭了，泪水"吧嗒吧嗒"地滴落在地板上……

03

哪个姑娘在父母心里不是心肝宝贝，可心肝宝贝嫁到了别人家，却被男人随意打骂。父母要是知道自己的女儿在他们看不见的地方遭罪，该是多么心疼啊！

在婚姻中，家暴的男人最危险。这样的男人，大多自私、偏执、冲动、死要面子。

嫁给一个有暴力倾向的男人，你想要的是他的爱，而他给你的却是无尽地伤害与折磨。有暴力倾向的男人，他的情绪控制力会不足、个性极端。不论你是职场女性还是全职妈妈，不论你是貌美如花还是外表平庸，他都会对你施暴。

家暴，只有零次和无数次。

04

家暴是不会长眼睛的，也不会挑时间。

而女人，大都心太软。被家暴后，男人不停地忏悔，发誓是最后一次。于是,女人为了孩子、为了父母、为了完整的家庭,就原谅了、忍耐了。可是,男人求和多了,被原谅多了,也就麻木了,打完了,发誓完了,悲剧还会继续恶性循环。

女人的原谅被看成是改善夫妻关系、维持家庭和谐的必要态度,男人会把女人的原谅解读为逆来顺受,认为打女人也没有关系,反正她迟早会原谅自己。

你还没能从上次的挨打经历中完全回过神来,下一顿的打又悄然而至,所有的誓言化为乌有,迎接你的是更大的暴风骤雨。

都说"宁拆十座庙,不毁一桩婚",但是,每次接到有关家暴的咨询,我会无一例外地劝说她们离开家暴男。

因为家暴是婚姻里的一条毒蛇,是真的会出人命的。不要让家暴继续在生活中蔓延,不要让自己蒙受更大的损失,不要让身心承受更多的痛苦。

也许一些男性读者会指责我破坏别人家庭,拆散别人婚姻。

呵呵,拆散婚姻的不是我,是男人的家庭暴力,好吗?

要不,你让女人甩你耳光、掐你脖子、踢你后背……再跟你说声"请原谅,对不起"。

行不行?

学会给婚姻"放个假"

01

女人把男人管得太紧,让男人失去自我,也不是什么好事。

有一天,我们写作群里的几个人约好一起吃晚饭,聊聊天,吹吹牛,互相交流心得啥的。

到了饭店包厢,一桌人快坐齐了,这时有人问起:"大斌老师怎么还没到?说好了来参加的。"

大斌也是我们写作群里的一员,之前几次聚会,他都没到,总是说有事。这次聚会,群里老大再三邀约,对我们打包票,说大斌肯定会到。

临近约定时间,大斌才气喘吁吁地来了,他忙不迭地跟大家打招呼,大伙儿也不介意,各就各位,围着桌子坐下了。

我只看过大斌老师的文字,没见过真人,今儿一见,跟我想象中的差不多,斯斯文文的样子,看起来憨厚老实,话虽然不多,但他每次说话都能说到点子上。

吃到一半的时候,大斌的手机响了,本来聊得挺欢的大斌立刻住了声,像圣旨驾到似的接起了电话,小心翼翼地说:"在吃饭……八九个人……没喝……吃完了就回去……"

大伙儿都默不作声,专心等着大斌接完电话,包厢里很安静,隐约听见电话那头的女人在声声追问,这边的大斌在一一作答。

好不容易挂断了电话,桌上的人继续聊天,谁曾想,20分钟后,大斌的电话又响了,有人打趣道:"大斌老师的业务还挺繁忙的。"

大斌讪讪地笑着说:"还是我家那位的电话。"

接了电话,只听到电话那头的声音炸了:"怎么还不回来?你到底在哪里?说了一会儿回来,怎么到现在还没回来?"

大斌一边好言应承着老婆马上回家,一边抱歉地看着大家。

挂了电话,桌上的气氛有些尴尬,大家面面相觑,都不知道怎么开口。倒是大斌说话了,自我解嘲。

"不怕大家笑话,前几次聚会之所以没来,就是因为她不肯,要我在家陪她。今天本来也不让我出来,磨叽了好久,她才松口。"大斌无奈地说,"你说我不抽烟不喝酒,下了班就回家,工资全部上交,仅有的爱好就是写写文章,偶尔打打球,但她就是对我不放心,难得在外吃顿饭,还得打电话不停查岗。"

话才说完,大斌的手机又响了,大斌按了挂断,电话继续打来,大有不接电话誓不罢休的意思。

我看着大斌,心想:这哪儿是吃饭,简直是上刑。

看着桌子上嗡嗡作响、闪烁不停的手机,大斌接也不是,不接也不是,只得跟大家告辞:"我再不回去,她就要大闹了。"

等到大斌走后,和我们一起的大斌的同事告诉大家,有一次他和大斌一起去南京出差,俩人住一个房间,大斌老婆的视频电话一个接着一个,还让大斌把房间的角角落落拍给她看,包括床底下。

那次他问大斌是不是有什么感情方面的前科,所以老婆看得这么紧。大斌赌咒发誓,绝无此类事情,对婚姻绝对忠诚。

"她一直是这样,说得好听些是依赖,说得难听些就是管得太严。"大斌也无可奈何。

02

有些女人结婚后都有一种奢望，就是希望老公与自己同呼吸，共命运，保持步调一致，生活习惯也一样，一天24小时恨不得都在一起，假如不在一起，也得知道他的准确方位，最好彼此透明。

她们喜欢围着老公转，对老公的饮食起居了如指掌，并企图全盘掌握老公的生活。老公有什么心事，必须跟她说；老公参加一个活动，必须向她汇报，恨不得变成老公肚子里的蛔虫才好；手机、支付宝、微信的密码她得知道，聊天记录必须随意查看，如果不给看，那就是心里有鬼；花出的每一分钱都要交代清楚，去哪个地方都得手机定位。如果不同意，那就是跟哪个女人在约会。

这样的做法，往往被女人冠以"在乎"的名号——我这么紧张，还不是因为在乎你？

因为在乎，所以害怕失去，害怕自己掌控不了对方，害怕对方不爱自己。于是便时刻关注着老公的一举一动，犀利的洞察力犹如名侦探柯南。

因为他对异性的一个眼神而醋意横飞，因为他没及时回复信息就大发雷霆，接下来甚至会引发一场唇枪舌剑，家里成了硝烟弥漫的战场。

这样的女人，真的有些傻。你总是情不自禁地要干涉他的私人空间，这难免会造成他对你的排斥和反感，结果因为自己的捕风捉影和种种猜测，把他推向了离你更远的地方，而你也渐渐失去自我。

真正的爱是要给予对方一定的空间和自由的。

不给对方一个私人空间，那么你的爱也会成为一种负担，你会使自己的感情画地为牢，徒增烦恼。

03

婚姻里需要给彼此适当的空间，那么，在恋爱中同样要给彼此自由。

我有一个朋友叫茶茶，是个大龄未婚女青年，在相亲道路上一直坎坷，始终没有遇到自己特别满意的。

我想当红娘的心蠢蠢欲动，便把她介绍给我的一个学弟小徐。两个人一见面，聊得挺好的，感觉还不错，我当时就觉得有戏，也为他们感到高兴。

这是正月里的事，之后我也就没怎么过问，让他们自己谈。

清明假期，我遇到了茶茶，便有意无意地问起了她和小徐进展如何。她叹了口气，说："我们已经分手了。"

我大惊，忙问为什么。茶茶说："本来感觉挺好的，可是相处久了就发现他给不了我想要的安全感。"

茶茶不再多说，我也不好多问，只是觉得可惜，这么好的姑娘，样貌不错，工作不错，小徐怎么就不好好珍惜呢？

后来我打了个电话给小徐，问他到底怎么回事。

小徐说，不管他在哪里，做了什么，茶茶都要事无巨细地打听行踪，哪怕是和同事一起唱歌、喝酒，茶茶总要问个清楚，越详细越好：几个人？在哪里？有女的吗？如果全是男的，茶茶就会大舒一口气。如果有女的，茶茶便会不开心，开始胡思乱想，怕小徐跟别的女孩子多说话。小徐在外应酬的时候，她会不断地发信息给小徐。小徐没有秒回，她就担心小徐是不是不爱她了，紧接着就是夺命连环打，一直打到手机没电为止。

让小徐受不了的是，茶茶还向他打听他前女友的情况，并且悄悄关注了前女友的微博，盯着小徐有没有跟前女友联系。

更过分的是，茶茶有一次趁着小徐打游戏的空当，独自在书房偷看小徐以前写的日记,那是小徐的隐私。小徐发现了,格外生气,冲茶茶发火了。而茶茶眼泪汪汪的,觉得自己特委屈。

听了小徐的话,我才明白茶茶所说的安全感原来是这个样子的:你的一切我必须知道,你的过往我必须了解。

只是,这样的后果往往是"你的未来我参与不了"。

一开始,小徐还不厌其烦地哄她,后来愈演愈烈,茶茶觉得小徐给不了她想要的安全感,小徐觉得茶茶对他管得太紧,久而久之,两个人都累了,便分手了。

04

喜欢是放肆,但爱是克制。

无论恋爱也好,婚姻也罢,总是以爱作为基础,在爱情中学会克制,并不是不爱,而是为了更好地体谅和理解对方。

在爱情中,有些女人和男人在一起的时候,想让他知道自己所有的好,也想让他这个人全心全意地对自己。自认为为对方做了很多事情,给予了十分的状态和十分的精力,永远绷紧了自己的神经。其实,对方并不喜欢你这样。

明明你想表达的是爱,是在乎,可是在别人眼里,你是偏执,甚至有些恐怖。就算爱一个人,也别管得太紧。

俗话说,距离产生美,和爱人保持适当的距离是爱情中相处的艺术。靠得太近,过分的亲密,必然导致爱情失去新鲜感,从而让对方厌倦。别把爱变成束缚,失去了自由呼吸的空间,换做谁都会产生窒息的感觉。

我的好友青萍,她先生在浙江做生意,我曾跟她开玩笑:"你家老吴常年在浙江,你放心他吗?"

青萍是这么说的:"我信任老吴,老吴也信任我。夫妻之间的相互吸引,从来不是靠约束、管教对方来维持的,而是靠你自身的魅力与自信。与其拿时间和精力去讨好、管束男人,不如学着经营自己,做一个充满自信和成就感的女人。"

我看着眼前这么一个善于经营自己并充满睿智的女人,由衷地佩服。

给爱一个透气的空间,也让女人能够有足够的时间去做自己,让自己变得更强大、更优秀,男人的目光自然紧紧地被你吸引。

在生活中,我们追求宽大和舒适的空间,宽大的房、超大的床、落地的窗,这些会让我们觉得心胸开阔,没有人愿意在拥挤而狭小的昏暗房子里生活。

婚姻也是这样,给彼此一些独立的空间吧。让他有机会想到你的好,有机会从远距离欣赏你的风华。

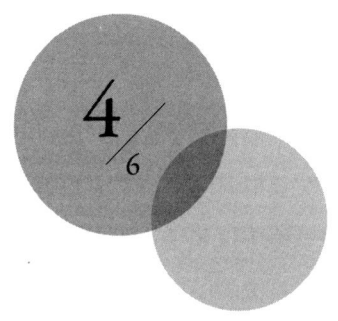

滋养幸福，
不妨从陪伴开始

/

最温暖的事，莫过于——
桌上有饭，枕边有人，眼里有光，心中有爱。

愿有人与你共黄昏，有人问你粥可温

01

我见过这样一对夫妻。当时是在一家海鲜自助餐厅，我和朋友各自带着孩子一起去的，本着"扶墙进，扶墙出"的宗旨在餐厅大快朵颐。

那对夫妻带着孩子就坐在我们隔壁，默默地吃着，很少听到他们说话。男的眼睛盯着手机，左手手指在屏幕上滑着，女的专心照顾孩子吃饭。

吃到一半的时候，服务生挨桌来收费，走到那对夫妻身边，突然男人惊呼起来："这么贵！"声音不小，我和朋友忍不住抬头侧目，还有另外几个食客也察觉到了，不由自主地往他们那桌看。女人一脸通红，小声地息事宁人："我来给，我来给。"然后低头掏钱包。

看着女人掏钱，男人还是不依不饶："早知道这么贵，就不来吃了！你吃吧，我不吃了！"女人十分惶恐，仓促地环顾四周，再低声央求："来都来了……来都来了……"男的气呼呼地不说话，一脸愤怒。

真的，从那一刻起，男人真的不吃了，一口都不吃，坐在椅子上，抱着手臂，死死地盯着女人吃。

在这样沉闷压抑的氛围里，在如此严厉眼神的监督之下，女人和孩子要想放开了尽兴地吃饭也是为难。如果再加上诸位食客或诧异或同情或怜悯的目光，对于这个女人来说，就更是一种双重的精神凌迟。

我和朋友都不忍心再看了，连忙收回了目光。

说实话，一位客人99块钱，说贵不贵，说便宜不便宜，也许人家有人家的苦楚。只是，偶尔为之，纵使觉得奢侈，为了老婆孩子能高高兴兴地吃顿好的，就当是难得的犒赏，男人就不能隐忍、担当些吗？难道自己的老婆孩子就不值这一顿饭？

一个男人，如果连一顿好饭都舍不得给你吃，在吃饭的时候只顾着自己吃，不考虑你的感受，你还怎么指望他在生活中对你嘘寒问暖？你还怎么指望他在你难过的时候给你依靠和力量？

吃饭，能看出一个人的品性，也能看出他对你好不好。

02

吃饭虽然是日常小事，但爱不正是从这些点滴生活中闪现出来的吗？

这世上，有一件温暖的小事，叫作"等你吃饭"。说到这个，我的眼前总能浮现出小时候我妈等我爸吃饭的场景。

小时候的冬天很冷，天空灰蒙蒙的，西北风呼呼地刮着。我妈一边做饭一边忧心忡忡地望着窗外，不停地念叨着："也不知道你爸什么时候回来，这么冷的天……"

那时候，爸妈是个体户，编织一些柳条包装箱送到镇上的工厂，赚钱不少，但非常辛苦。柳条需求量大，泰兴是没有的，得去一江之隔的扬中买。我爸开着拖拉机，停在江边的码头上，再只身乘着小船驶向扬中，买好柳条之后，再装船返回。到了码头，还得一捆一捆地把柳条扛到拖拉机上，然后开回十里甸。每次买柳条，当天早上出门，得第二天晚上才能到家。

这两天是我妈焦灼的两天，希望天上有太阳，希望没那么冷。到了第二天傍晚，我妈便早早地做好饭，都是我爸爱吃的。我妈把菜小心翼翼地放在锅里温着，然后倚在门框上等着，时不时地扭头安慰我和弟弟："再等会儿，再等会儿，你爸一回来，我们就开饭。"

直到村口传来熟悉的拖拉机的"突突突"声，我和弟弟飞奔出去迎接我爸。我爸把拖拉机停在门前的晒场上，我和弟弟左右各抱着我爸的手臂，拽着他进了屋子。

我妈悬着的那颗心也放了下来，一边拍打着我爸身上的泥灰，一边问长问短。我爸洗着手，笑着说："江上风大，冷死了。"我妈说："吃了饭就暖和了。"

我们一家四口围着小桌坐着，我爸跟我们说着去扬中的见闻，说他坐的船是人家捉小猪的船，还时不时地说几句玩笑话，惹得我们哈哈大笑。

屋里的灯光温暖地跳跃着，桌上的饭菜冒着带香味的热气，我妈不停地夹菜给我爸，我爸把碗里的肉又挑给我妈、我和弟弟，门外呼啸的寒风都被拒绝在另外一个世界……

每每回想起那一晚，我都觉得格外暖心。在那个物质匮乏的年代，长途跋涉归来，老婆孩子的等待、热气腾腾的饭菜，就是这个世界上最温暖的事情，这大概就是爱的味道吧。

03

一日两人，三餐四季，没有烟火气的爱，根本无法长久。真正的爱，就在吃饭睡觉的点滴小事中藏着，不时透出温润的光来。

昨儿回娘家，一起到的还有不少亲朋好友，我妈在厨房里洗洗切切，我爸蹲在地上剥大蒜、择韭黄。我说要来帮忙，爸妈挥挥手，说他们两个忙就行了。

煤气灶上炖着鸡，煤球炉子上熬着大骨头汤，我妈在大锅上炒菜，而我爸坐在灶间烧火。我妈不时关照着："火放大点啊，青菜要爆炒……压住点火啊，起锅了。"我爸头发花白，却像个听话的学生似的"哦哦"地答应着。

一桌饭菜做好了，一桌人坐齐了，我妈还在厨房清理，我爸说："等你妈来了再动筷子。"我们张罗着倒酒倒饮料，我爸却给我妈泡好了奶茶，还和我们说："你妈胃不好，不能喝冷的。"

等到我妈来了，一家人开开心心地吃着饭，我爸不时地给我妈夹菜，饭桌上其乐融融。

其实我爸跟我妈平时也会吵架拌嘴，但是过不了多久，我爸便会哄我妈开心，我妈就破涕为笑。

年轻的时候，我们总以为送鲜花、巧克力、口红是浪漫、是爱。随着年龄的增长，懂得生活之后才意识到：真正的浪漫和爱，就在一粥一饭之间，就是等你吃饭、陪你吃饭，把好吃的留给你。陪着你慢慢地走，一起慢慢地变老。

04

今儿中午，表妹相了一次亲，一起跟相亲对象吃了一顿饭。回来之后，我问她感觉如何。表妹摇了摇头，表示没戏。

为什么？

表妹说，吃饭之前也不问问她喜欢什么样的口味，直接把她往烤肉店里领，而她是不爱吃烧烤之类的油腻的东西。点菜时也不询问她的意见，自顾自地点了。上菜之后，只顾着自己吃饭，饮料也只给自己倒。跟表妹说话时，嘴巴里嚼着菜，口水和油水差点喷到表妹脸上。服务员上错了一道菜，他硬着脖子对服务员大呼小叫，就差拍桌子跟服务员吵起来。

表妹说，这样的男人不是她想要的。尽管饭后这个男人对表妹显现出强烈的热情，表示愿意继续发展。但被表妹婉拒了。

我认同表妹的意见。

吃饭前征求你的意见去哪里吃、吃什么，是尊重；吃饭时为你夹菜、倒茶是体贴。如果连吃饭这点小事都做不到尊重和体贴，怎么能说他喜欢你？他怎么值得托付终身？再者，我不认为对服务员大呼小叫的男人能有什么教养，这样的男人在生活中未必能有多少好脸色给自己身边的人，更别说爱了。

05

我想起了一对年轻的夫妻，他们是我以前在乡下小学的旧同事。

有一次，男老师去市里参加赛课，当场抽课文和比赛的次序，他抽的是第二天上午的第一节课。当天晚上，他在市里忙着设计教案、做幻灯片，忙着熟记教学流程，几乎一夜没睡。

第二天早上，他出色地上完了他的课，就立马回乡下。女老师在办公室里打电话给他，关照他直接回家睡觉，好好休息。

谁曾想，过了一会儿，男老师急匆匆地推开了办公室的门，女老师很惊讶："怎么不回家睡觉？"

当着我们的面，男老师变戏法似的从怀里掏出一个奥尔良烤鸡腿汉堡，递给女老师后说："这是你喜欢吃的，我一上完课就去买了。怕冷掉了，一直在羽绒服里捂着，快吃吧。"说完，他就推门走了。

当时他单薄瘦削的背影在我们眼里是大写加粗的帅，而女老师羞红的脸是那么可爱。

什么是爱啊？就是有什么好吃的都给她吃，有什么好玩的都给她玩，让她快乐，让她感觉被宠。

06

网上有句话，说得有趣却实在：

找男友，一定要找能给你剥栗子、剥螃蟹、剥虾壳，买烤红薯、买糖葫芦、买炸鸡腿、买麻辣烫、买冰激凌、买烤肉串的。看到任何好吃的都第一时间想到你，吃任何好吃的都让你多吃。一个连吃都想不到你，都不让着你的人，还指望他能让着你什么？还指望他怎么爱你？

爱，就是在一起，吃好多好吃的。

愿你找到那个人，然后和他在一起，相互陪伴，不厌其烦，吃一辈子的好吃的，一起尝尽人生的酸甜苦辣。

久伴，是最深情的告白

01

之前在微博上看到这样一个段子：女孩子感冒发烧，生病躺在床上，特别难受，于是给男友发微信求助：我发烧了，39.5度。

男友回复：厉害了！

看完之后，我先是笑了，笑完突然又觉得些许心酸。这样的回答，大概是没有爱了吧？

我的朋友小安在人民医院当护士，她告诉我，其实病床前面最见人品，生病了最能看出一个人对你好不好。

我和小安有个共同好友，就叫她芊芊吧，认识五六年了，平时我们也经常在一起小聚。芊芊的老公是个青年才俊，跟芊芊恩爱有加。

可是前段时间听说他们俩闹离婚，我很纳闷。

而小安却一点都不吃惊，说："你知道吗？鸟老师，我认识芊芊这么多年，她体质不好，很容易生病，每次生病都来医院找我。可是，她老公从来没有陪过一次，都是她一个人在输液区挂水，喝个水、上个厕所什么的，都是我抽空在照顾她。"

小安接着说："我知道感情好不好有很多种表达方式，不必苛求，但是，老婆生病时不闻不问，绝对不是爱一个人的表现。在我们医生眼里，所谓的爱情，不过就是他陪着你看病，把你的身体健康看得比什么都重要。"

是啊,人这一辈子吃五谷杂粮,哪有不生病的,如今我们才多大的年纪,现在都不肯照顾,都不当一回事,怎么指望老了以后相互扶持?

所以啊,在你生病时,一个人知道心疼你,懂得照顾你,那才是真的爱你。

小安告诉我,之前有一个40多岁的女人住进了医院,她在打工回家的路上被一辆汽车撞了,腿骨骨折。她的老公高大健壮,也是在建筑工地上干活,看起来是一对平凡夫妻。

她的老公每天下班后,总会出现在医院,陪伴在病床前,带着各种滋补的汤。虽说劳累了一天,可他对妻子却没有丝毫不耐烦,总是带着微笑,还宽慰女人不要心急,把身体养好。

这才是"我爱你"真正的模样。

嘴上说一百句"我爱你",也不如病床边的陪伴,聊聊天,倒倒茶,说说笑话,哪怕什么都不说,你在,我就心安。

女人可以在任何时候坚强,唯独不需要在生病时逞强,生病时要爱人的陪伴,不是矫情,不是娇气,不是不能自理,而是在身心低潮期有个依靠。

你在病床前陪伴,我连身体也会好得快些。

02

如果问一个女人在什么情况下需要连续卧床休息,那恐怕就是坐月子了。

都说坐月子才是婚姻的照妖镜,他对你好不好,趁着坐月子,让你看得更清楚。有的女人在月子里寒了心,我听过太多"坐完月子就离婚"的言论,而有的女人在月子里被宠成公主。

我的好朋友婉婉就是被宠成公主，她说通过坐月子，她更珍惜眼前这个知冷知热的老公。

月子里，婉婉的身体还没恢复，虽说有婆婆帮忙，可婉婉看着粉嘟嘟的宝宝还是会手足无措。这时候，婉婉的老公家俊格外给力，一下班就往家里跑，回来照顾妻女。

晚上，宝宝会哭闹，婉婉睡得迷迷糊糊的，看到家俊蹑手蹑脚地起来抱孩子，给孩子泡奶粉，小小的宝宝躺在爸爸的怀里就又睡着了。

有时候，宝宝一晚上连续醒好几次，不是饿了，就是拉了，家俊从没有叫婉婉起来哄孩子，而是自己第一时间抱起孩子。

常常，婉婉睡醒之后，发现家俊一直保持哄孩子的姿势靠在床头睡着了，等放下孩子，家俊才发现自己的手臂已经麻了，可他毫无怨言。

都说产妇的情绪很不稳定，很容易抑郁。在这点上，家俊非常体谅婉婉，婉婉有时候干着急发脾气，家俊像哄孩子一样哄着婉婉："一切有我呢，别着急！"

孩子的满月酒上，家俊饱含深情地对亲友们说，当他看到老婆即将生产，疼得死去活来的时候，那一刻，他就发誓这辈子一定要玩命地对老婆好！

跟老婆为你生孩子这件事相比，伺候老婆坐月子实在是微不足道。

只有经历过坐月子的女人才懂得坐月子的无助与辛酸，月子里是特殊时期，女人比任何时候都要脆弱。那个平日里对你甜言蜜语的老公，到了你和孩子最需要他照顾的时候，如果像条死鱼一样，或者对你甩脸子，那种绝望恐怕一辈子都忘不了。

我曾见识过一种令人无语的男人，他在他老婆坐月子期间搬到单位宿舍去住，理由是晚上孩子太吵，影响他睡觉。

呵呵，你老婆为了生孩子连命都可以不要，你却在她身体最虚弱的时候不闻不问，不管不顾，天理何在？

爱你的男人，一定会在你最需要他的时候为你保驾护航。不爱你的男人，觉得一切都是理所应当。

03
爱，不是说出来的，而是做出来的。
愿你床边有人陪，日常有人爱，一辈子幸福快乐。

有一种温暖，叫作"老夫老妻"

01

暑假里，我和周先生带着孩子们去济南玩。

在趵突泉公园里，有一对夫妻令我印象深刻。他们看起来差不多40几岁的样子，带着明显的四川口音，男人身上背着大包小包，还举着手机，不停地对着女人拍照。潭边、树旁、花下，女人有些笨拙地摆弄着姿势。男人看起来也不专业，但他不厌其烦地给女人建议："老婆，头稍微歪一点……老婆，你把手放在花上，你的手好看……笑起来呀……"于是，镜头前的女人略带羞涩，巧笑倩兮。举着手机的男人也是喜笑颜开，眼睛里全是欢喜。

拍完一处，男人总会招呼女人来自己身边，两个人一起端详手机里的照片，看到比较满意的一张，两个人相视一笑，神情柔和，完全笼罩在幸福的光晕里。

许是他们注意到我在观察他们，察觉到我的欣赏和善意。男人有些不好意思地问我，能不能帮他们拍个合影。我当然愉快地答应了。我接过男人递给我的手机，镜头里，一对恩爱的夫妻便定格了画面。

我把手机还给他们，他们表示拍得很好很满意。男人喜滋滋地说要把这张照片发到家人群里，再发条朋友圈。

在人来人往的景区里，他们有着热恋中的年轻情侣般的甜腻，男人欣赏女人，女人依赖男人，自然大方，这应该是他们婚姻生活的常态，真是让人羡慕和向往。

后来在万竹园，我见到了另外一对夫妻。女人举着自拍杆拖住男人合影，而男人却使劲挣脱，嘴里还说个不停："都老夫老妻了，合什么影啊，也不怕人笑话……赶紧走吧，拍拍拍，你再怎么修图也遮不住褶子……"

这些话挺伤人的。我分明看到女人兴致盎然的面色逐渐黯淡下来，她的脸上写满了委屈、失落和不甘。

在我看来，这两对夫妻差不多的年纪，都属于世人眼里的"老夫老妻"，但相处的状态截然不同，一对如胶似漆，一对如陷泥潭。

那句"都老夫老妻了"我听着特别刺耳，这怎么就成了"不能合影秀恩爱"的理由了？前后没有因果关系、完全毫无逻辑的话，为什么会有那么多人说得出口？

02

"都老夫老妻了"这句话，我相信不少人都听过，包括我自己。这句话到底听了多少遍，我也记不清。只是年岁见长，我对这句话越发嗤之以鼻。

"老夫老妻"这个词本身没错，代表的是夫妻结婚时间很长，相濡以沫，相互搀扶，感情已经融入了亲情色彩。我反感的是以"老夫老妻"开头，连接的后半句话：

"都老夫老妻了，还秀什么恩爱？"

"都老夫老妻了，还过什么情人节？"

"都老夫老妻了，还要什么礼物？"

"都老夫老妻了，还整些什么新花样？"

"都老夫老妻了，就不用那么麻烦了。"

你看，这些话的潜台词都在暗指有些事情不用太破费，能省则省，能不做就不做。

不得不说，这些话真的是非常没有道理。

我在想，"老夫老妻"中的"老"是以结婚几年作为界限？三年？五年？十年？二十年？这个不得而知。只是，"老夫老妻"这个词一旦出现在婚姻生活里，就仿佛有了一道分水岭，划分了状态，隔开了岁月。

婚姻生活，有了"老夫老妻"这句话支撑，一切变化就有理有据、顺理成章。

以前可以活色生香，之后变得黯淡无光。以前举案齐眉，之后井水不犯河水。

于是，"老夫老妻"成了婚姻的免死金牌，夫妻之间少了期待，失了兴致，缺了互动。在"老夫老妻"这四个字里，爱情不自知地懈怠下来，进而忽略对方的感受。

想来，结为夫妻的两个人要一起生活几十年，如果在感情里缺少积极的互动与付出，单单依凭并贪享着"老夫老妻"的状态，对二人的关系掉以轻心，并囿于这种状态，在婚姻里必然有所损。

恕我直言，假如某一天，婚姻里的一方受到第三个人的热烈追求，感受到来自围城之外的赞美和追捧，这种新鲜感和冲击力一定是死水微澜的婚姻生活的劲敌，当事人难免会心动。纵使"身未动心已远"，对于两人的婚姻生活也有了隐形的危机和无形的伤害。

03

我家对门住着一对年轻夫妻，前段时间他们闹别扭，我的女邻居苏苏就抱着孩子来我家找我吐槽。

"鸟老师，你说说看，我和梁子才结婚三年，前几天我生日，梁子都没送礼物给我，我当然不开心了，梁子竟然说，都老夫老妻了，孩子都生了，还讲究这些干什么？鸟老师，一听这话，我更加生气，年纪轻轻的怎么就成了老夫老妻了……"苏苏一脸委屈。

当时我特别理解苏苏的感受。

以前看到过一个笑话，问男人结婚后为什么不再送礼物给女人，男人的回答是：鱼都上钩了，还用得着鱼饵吗？

这个比喻当然不恰当，同处在一个屋檐下的男女肯定不是钓鱼者和鱼的关系，而是鱼水一家的相依相恋。

当热恋中的男女结为夫妻，当精力分了一部分给出生的孩子，当时间分了一部分给家庭琐事，当浓浓的爱潮开始退去的时候，我们更需要在一些特殊的值得纪念的日子里，做一些与平常那些清汤寡水的日子不同的事，用这种小小的仪式感，给婚姻生活加点糖，提醒对方我爱你如初。

没有不需要谈情说爱的老夫老妻，只有不愿意提及初心的那个人。

我认识这样一对夫妻，他们都是我的朋友，男人大陈是警察，女人小成是护士，他们有一个上初中的儿子。

结婚十几年来，每个周末，他们雷打不动地一起去菜市场买菜，买完菜，大陈一手拎着菜，一手牵着小成的手，一路走回家。

在刷朋友圈的时候，我经常看到大陈把小成做的美食发成九张图，语句里全是对妻子的赞美和体贴。

护士节的时候，我看到小成在朋友圈晒出了大陈送她的花束以及犒劳她的大餐。

有意思的是，假如这天他们一家出去游玩，那么，我会在朋友圈看到两次相仿的照片,一次是大陈发的,一次是小成发的。不同的是,大陈发出的照片里多了小成的倩影,小成发出的照片里多了大陈的英姿。

正如大陈在5月20日那天对小成的表白:我们和大多数夫妻一样,基本实现了从花前月下到柴米油盐的成功转型,我们享受生活的平淡,也喜欢带给彼此的欣喜和温暖,这才是我们想要的最真实的生活。

是啊,凡夫俗子如我们,只要走心一点,也可以给平淡的婚姻增加激情,给琐碎的生活添点乐趣。好的婚姻,是两个人相互主动取悦对方,这样的婚姻才会地久天长,才能真正实现"老夫老妻"的梦想。

04

有不少美满的姻缘是由浓烈的感情为奠基,可有的人(尤其是男人)却认为结了婚就万事大吉,被"老夫老妻"四个字所迷惑,自我认定"爱情变成了亲情",懒得经营或者放弃经营感情。

结婚以后,红玫瑰变成了蚊子血,明月光变成了白米粒。生活就是左手摸右手。

婚姻里的疲惫和厌烦凸显,不是因为工作和生活压力大,不是上有老下有小的焦虑,其实很大原因是置爱情于不顾,觉得一切都是天经地义的,不在乎伴侣的感受,丧失了管理婚姻的能力,让它放任自流。

其实,爱情才是生活最好的动力,它让我们身心愉悦和满足。爱情需要表达,需要仪式感。作为老公,虽说不用像热恋时为女人神魂颠倒,至少别忽视她新烫的头发、新买的衣裳,请由衷地赞美她,发自内心地欣赏她。

作为老婆,虽说不用像少女时那样崇拜老公,至少别把他付出的努力、完成的目标当成理所当然,请由衷地感谢他,发自肺腑地依恋他。

谁说老夫老妻不需要付出，不需要互动？谁说老夫老妻不可以秀恩爱，不能风花雪月？谁规定老夫老妻了，这个不能要，那个不能求，从此失去了被宠爱的资格？

所以，最后我想表达一下我的心声，我相信也是大多数女人的心声：纵使我挽起长发，纵使我洗尽铅华，纵使我怀里抱娃，我还是希望我仍是那个被你宠爱的小公主。

"老夫老妻"拜拜，甜蜜与抱抱必须在！

吵不散，骂不走，那才是真爱

01

昨儿晚上10点多的时候，我正在电脑前写文章，突然接到燕子的电话，说她正在牌楼路闲逛，问我有没有时间陪她。

这个时间段，商家都关门了，哪有什么可逛的？我心生疑惑，再一听，发现燕子的语气不对，难道是出了什么事？

我连忙放下手里的活，抓起包就出了门。

等我找到燕子时，她正站在一棵香樟树下，路灯的映照下，她的神情黯然无光。

一问，果然有事。燕子和男友大程大吵了一架。事情是这样的，本来之前两个人约好了周五晚上一起吃饭逛街的。可是在逛街的时候，大程一直心神不宁的，燕子试穿了新衣裳，问大程好看不好看，大程也是很敷衍。

燕子察觉出不对劲，便问大程是不是有事。大程说，几个同事约了他一起打麻将，三缺一，就等他了。一听到打麻将，燕子就不高兴了，脸色难看起来。大程以前打麻将，十次输九次，有时候输光了工资，窘迫得俩人约会时都是燕子花钱。

输钱只是其一，燕子坚决反对大程打麻将，最主要的是她见不得一个曾经朝气蓬勃的男人沉迷打麻将后失去奋斗的目标。大程也跟燕子保证以后少打。谁曾想，在今天说好了的约会时间里，大程又想去打麻将。

"不去不行，就等我一个人了。"大程说。

燕子坚决不肯让他去。

两个人便推推搡搡，大程要走，燕子拉着他，大程就急了："天天管管管，你是我什么人啊？轮得到你来管？"

恼羞成怒的大程一把推开燕子，燕子一个站不稳，跌在了绿化带。

等到她爬起来，大程已经跑得远远的了。

02

燕子发微信给大程，不回。打电话给他，不接。不接再打，大程竟然关机了。

燕子心灰意冷到极点，沿着逐渐冷清的街道来来回回走了几遍，往日点点滴滴的不愉快一股脑儿地冒了出来，燕子感觉两个人的感情就这样走到了尽头。

听燕子这么一说，我也挺生气的。首先我也反对男人沉迷打麻将，再者，你一个大男人把自己的女友丢在街上不管不顾，这算怎么回事啊？

现在都11点多了，大程也没打个电话问问燕子到家了没有，他难道一点都不担心燕子的安全吗？一吵架就对女友不闻不问、不管不顾，说实话，我对这样的人并不看好。

但我这人向来劝和不劝分。我劝燕子："别生气了，人非圣贤，孰能无过，等两个人气消了好好谈谈，大程跟你认个错，你就原谅他吧。"

一说这话，燕子更委屈了，都快哭出声音来了。

燕子告诉我，每次两个人吵架，大程从来不哄她，也从不说软话。他最擅长的就是冷战，可以持续好几天，甚至一个星期。往往是燕子忍不住了,先去找大程,气氛一缓和,大程也顺水推舟地跟燕子和好了。

当时我就无语了!两个人的感情出现问题的时候,如果只靠一个女人来低头维持,请问能坚持多久?

我对燕子说:"你可以低头一时,但不能低头一世,你能保证一辈子委曲求全吗?再说了,一个置你的安危于不顾的男人,你觉得他爱你吗?这样的人你敢嫁吗?"

网上有一句话说得好:看一个人爱不爱你,不是看他平时对你有多好,而是看他吵架的时候怎么对你。

03

恋爱中的男女,婚姻中的夫妻,在相处的时候,极少有不吵架的,难免有磕碰和矛盾。毕竟"由爱故生忧,由爱故生怖,若离于爱者,无忧亦无怖"。

我不反对争吵,因为吵架也是一种沟通方式,也是两个人关系的磨合,是一种把问题摊开来,暴露在阳光下,比较激烈的沟通方式。

但是,吵架不该成为伤害对方的利器。

有些男女吵完架之后,转身就能和好。其实,关键点不在吵不吵架,而是在于爱不爱。

相处见品行,吵架见人心。

他对你爱不爱,从吵架就能看出来。

真正爱你的人是不会因为生气就去伤害你,不会挂你电话,不会不回信息,只会陪着你,哪怕一言不发。因为他知道,此刻的你,更需要他的陪伴。就算你嘴里嚷着"你走"!他也知道你心里在说"留下来吧"!

真正爱你的人,即使你跟他吵架,他也不会跟你动手,他只会紧紧地把你拥在怀里,然后不断地说"宝贝,是我的错"。

真正的爱,不是不生气、不吵架、不哭不闹,是吵过闹过以后,最心疼你的,还是他。

就像杨宗纬的那首歌《一次就好》:

上一秒,红着脸在争吵

下一秒,转身就能和好

……

一次就好,我带你去看天荒地老

在阳光灿烂的日子里开怀大笑

在自由自在的空气里吵吵闹闹

04

曾经看过一个段子,一对情侣吵架,男生摔门而出,放言自己绝不回来。女生反锁了门,但没过一会儿,就看到男友拎着自己爱吃的蛋挞在楼下喊:"姑奶奶开门呀!"女生一下子就原谅了他。

男生很萌,女生很暖,对不对?

这哪像是吵架,分明就是秀恩爱嘛。

其实真正检验爱情的,就是看他跟你吵架时的态度。有的人,把架吵赢了,却把爱人弄丢了。而有的人,宁愿自己受点委屈认个错,也愿意把人留下来,把爱留住。

我曾经听我表姐慧慧讲她跟表姐夫的事。我表姐已经在苏州安家立业,表姐夫是当地人,他们结婚十多年来,一直很恩爱。

也不是说他们不吵架,但吵归吵,感情却没受影响。

有一次,表姐和表姐夫因为一件小事吵起来了,表姐很生气,把自己闷在房间里,也不出门。不一会儿,表姐夫蹭到表姐身边,说他已经做好了午饭，有她爱吃的油爆大虾。

"先吃饭好不好，吃完了才有力气跟我吵架啊！"表姐夫说。

这句话把表姐给逗乐了，便磨磨蹭蹭地跟着表姐夫一起吃饭了，吃饭时，表姐夫不忘给表姐剥虾壳，把虾肉放在她的饭碗里。

吃过饭，表姐夫麻利地收拾锅碗，洗干净了，然后说一句："吃饱了吗？宝贝，还吵不吵？"

你说，就现在这个样子，两个人还能吵得起来吗？

有一次春节，表姐夫曾经当着我们的面说过："你们慧慧姐一个外地人，嫁到我们家，人生地不熟的，我要是不对她好，不让着她，我还算是人吗？再说了，我老婆长得那么漂亮，又那么能干，我舍得跟她吵吗？"

你看，真正爱你的人，总能找到不跟你计较的理由。他在乎的，永远不是谁对谁错，而是在乎你这个人。

05

小时候，我也见过我爸妈吵架，我妈受不得委屈，说不了几句就"吧嗒吧嗒"掉眼泪。这个时候，我爸的脾气瞬间没了，拉着我妈，一个劲儿地低头认错，也顾不得我和我弟弟在旁边笑。

我妈胃不好，不能生气，一生气就会反胃，吐得昏天黑地。所以我爸特别着急，给我妈倒了温水，准备好雷尼替丁。我爸还一再保证，下次再也不跟我妈吵架。

我爸其实性子也倔，认死理，但他在我妈面前服软。用我爸的话说就是"跟自己的老婆服软，不丢人"。

所以我爸妈虽然也吵，但是吵得不多，也闹不出多大的动静。

而跟我家相邻的二爷家恰恰相反，二爷经常在外面喝酒、打牌，回来之后还扯着嗓子跟他老婆吆五喝六,他老婆跟他理论,二爷一言不合就动手,还时不时地把他老婆推出门,任由她怎么哭喊、怎么敲门都不开。

为此,我爸妈没少做他们的和事佬,好言劝说二爷开门。

现在想来,越没本事的男人,在家里脾气越大,越跟自己的妻子争个你死我活,分毫不让。

我喜欢的演员张智霖说过这样一段话:

"每次吵架我都会想到我失去她会怎样,所以我很珍惜,我宁愿主动认错,主动和好,因为我珍惜有她在的每一天。男人嘛!认错没什么,最怕失去了来不及后悔。"

是啊,很多情侣分手的原因都是因为吵架,双方各执一词,却都不肯放下面子做出让步。

所以说,如果有那么一个人,无论跟你怎么吵,都对你不离不弃,放下所谓的自尊心,来哄你,来跟你认错,那他一定是很爱很爱你。

愿你珍惜那个就算吵架也不忘抱紧你的人,珍惜那个愿意一直守护你的那个人。

爱你，才会给你

01

周六早上，我跟儿子说："今天咱们去外婆家。"儿子欢呼雀跃。

后来，我在阳台晾晒着衣服，一回头，瞥见儿子正往他的一个背包里装东西，我走过去一看，有健达奇趣蛋、绘本书、玩具汽车，还有一大把玻璃弹珠。

我觉得奇怪，说："带这么多东西干什么？别带了，回来再玩再吃。"

儿子却固执地要带，他说："这是送给贝贝的。"贝贝是我弟弟的女儿，比我儿子小一岁，两个人经常在一起玩。

我笑了，说："这些小玩意儿贝贝不缺的呀！为什么要送给她？"

儿子头也不抬地说："因为我喜欢贝贝呀，这些都是送给她的。"

我心里一暖，不禁释然，有时候道理就是这么简单，就像春暖了，花就开了一样自然，就像"我喜欢你，所以想给你送东西"一般。

02

在娘家吃饭，如果煮的是青菜面条，我妈会把锅里所有的青菜心挑拣到我的碗里。这是个技术活，我妈在一碗一碗地给家人盛面条时，若是看到勺子里有菜心，那一定得停下来，用筷子夹到属于我的碗里。

吃饭时，我妈会额外关照我，"那个碗是你的。"

我妈知道我爱吃青菜心,这一碗特意挑拣出来的菜心也许就是她表达爱的方式吧。

那么,我回报我妈的,除了陪伴,还有就是买买买!送送送!

比如我妈无意间提及,冬去春来换季了,过年期间养胖了,去年的春衣有些嫌小。多大个事儿啊?重新买好了!立马带着我妈,带着卡,直奔鼓楼商场。

在我眼里,鼓楼商场的衣服华而不实,价格虚高,但我知道,在我妈眼里,鼓楼商场是老牌商场,值得信赖。

到了商场,直奔中老年服饰专柜,一件一件地给我妈试穿,我妈挑中一件,喜滋滋地在镜子前左看右看,又翻了翻吊牌,一看四位数,说:"太贵了,别买了,去别的店看看。"

那怎么行?有钱难买心头好,有钱难买我妈开心。

既然我妈是真心喜欢这件衣服,管它贵不贵,我立刻刷卡买了下来。

我去收银台付账回来,正听到我妈在跟柜台阿姨夸我,说她女儿可孝顺了,每个月给她钱,给她买衣服从来不心疼,每次回去都带吃的喝的用的好多东西。说着,她还把手腕上戴的金镯子给那个阿姨看,说是姑娘在母亲节送给她的。

她说这话时,眼睛里是满满的骄傲,脸上也洋溢着浓浓的笑意,惹得柜台阿姨羡慕不已,连夸好福气。

或许,这就是为什么很多人想要的东西明明可以自己买,却还是希望有人送的原因吧。

因为那种骄傲感和幸福感,是自己买给自己时给予不了的。

03

阿狸是我的读者,刚刚大学毕业开始工作,她有一个异地恋的男友叫小九，他们在一起125天，只见了5次面。

我们都知道异地恋很磨人，思念好痛苦呀，可是想起对方就觉得特别甜，他们的感情有增无减。阿狸说："他怎么就那么喜欢给我送东西呢？"

小九超级爱给阿狸买礼物，小到喝水杯，大到笔记本电脑，只要是觉得阿狸需要的，他统统买来送给她。

有时候，甚至阿狸自己都没想到的东西，小九也会买了寄过来给她惊喜。

小九说过一番话，让阿狸特别感动：因为我不能时刻陪在你的身边，只能多送东西给你，你看到了也能经常想起我，最重要的是，你能感受到我是多么喜欢你，你对我来说是多么重要。

是啊，你的城市下雨了，我没办法给你撑伞，那我可以提前给你送一把伞，为你遮风挡雨啊。

我不能拥你入眠，那我可以送你一个软绵绵的抱枕呀，每晚你抱着它入睡，这样也能感受到我的存在啊。

起风了，天冷了，我不能抱着你给你温暖，那我可以给你买件暖和的大衣，这样你穿在身上的时候能想起我的拥抱啊。

我希望你跟我多联系，那我就给你换一部最好的手机，你用我买给你的手机给我打电话发信息，相信语言会更动听，文字会更甜蜜。

因为我爱你，所以我才想要把最好的东西送给你。

说真的，我们有时候会羡慕那些有人送礼物的姑娘，其实并不是羡慕礼物本身，而是羡慕她们有人在乎有人疼，礼物承载着对方的心意啊。

04

前几日网购，我给自己买了几本书，顺带着给周先生买了一些礼物。

周先生说:"你挣那俩小钱,还不如给自己买点好吃的,为什么给我买东西?"

我说:"可我就是想送东西给你啊,给你买东西我开心呀。"

心里住着一个喜欢的人,一定会忍不住想给他买东西吧?

走在大街上,看到好看的衣服,会想:他穿在身上会是什么样子?买一件给他。

看到好看的鞋子,会想:嗯,这双挺适合他的,一定要买下来。

看到好吃的糖果,会想:买几盒放在他办公室,放在他车上,他吃一颗就会想起我啦。

当然,周先生送我的礼物更多,送到已经想不到什么东西可送的地步。

他常说的一句话就是:就爱送东西给你,你拿着就好。

在平常的日子里,我们都会不由自主地给对方买东西,然后一边埋怨对方为什么要花这冤枉钱,一边心里乐得美滋滋的。

前几日跟朋友聊天时,说到情侣、爱人之间花钱的问题,我们一致认为:花钱检验人性,礼物表达人心。

所谓"爱",都是热衷于"给"的,真正地爱着一个人,遇到什么好东西都会想着对方,都想把这好东西送给他。

因为爱你,才想给你最好的,给你我能给的一切啊。

05

话又说回来,如果不爱,又怎会给呢?

我在网上看到这样一个笑话——

老婆对老公说:"我假期要去旅游一次。"

老公说:"非要花那个冤枉钱,买本《旅游》杂志看,又开眼界又省钱。好啦,别瞎想了,快去做饭吧。"

老婆马上回答:"做饭得买菜,买菜得花钱,买本菜谱看看,不也是又开眼界又省钱吗?"

你看,一场家庭争吵一触即发,在所难免。

我相信很多女人都不想过这样的日子——

女人对老公说:"老公,我想买件衣服,我穿上非常漂亮!"女人满怀希望,想着男人会大大称赞自己一回。

可男人却说:"老婆,你去年的衣服还能穿呀,你说说看,你今年已经买了几次衣服了?"

或是,女人满心欢喜地想在结婚纪念日那天到酒店浪漫一把,男人却说:"在家过吧,家里比较省钱……"

你看,女人只落得一肚子的委屈和怨言。

我的读者朋友们应该知道,我一直提倡女人要经济独立,喜欢什么就自己买,别老那么作,非要老公买。

但你们也知道,女人嘛,要的不光是东西,更重要的是被爱的感受。更何况,有些男人,不给老婆买就算了,要是老婆自己买了,还会说她:"你怎么这么败家?"

"股神"巴菲特曾说过:"我这一生最重要的投资,不是购买了哪只股票,而是选择了谁成为我的伴侣。"

每一个成功的男人背后,一定有一个默默付出的女人,而每一个幸福的女人背后,都应该有一个宠她、爱她、尊重她的男人。

其实,大多数女人要的很简单,就是跟自己喜欢的人走进婚姻的殿堂,生儿育女,落户安家。

你有钱,我跟你享受荣华富贵;你落魄,我陪你吃粗茶淡饭。

在柴米油盐的烟火气息里,拥有人世间最平凡的幸福。

06

有人说，谈钱伤感情，爱情是纯洁的，不应该用金钱和礼物来玷污。一些人常常把爱情和金钱对立起来，认为在感情中谈钱，就像是胸前的朱砂痣变成了蚊子血，俗不可耐。

可我想说，谈钱能伤到的感情，一定不是真感情。

只有那些不是真正爱你的人，才会用"女人是物质的"这个理由来掩饰自己的"舍不得"。

浪漫的情话可以张口就来，没有任何成本可言。虽然动听，但只说情话而没有实际付出，时间长了，这份感情也显得廉价和无味。

我们早已过了耳听爱情的年纪了，感情不只是说说而已。

愿意给你花钱，送你礼物，就是把这份感情落到了实处。这个男人愿意用自己的臂膀为你撑起一片天空，愿意用自己的心意让你感到踏实和满足，他希望为你提供一生的安全感，从精神到物质。

送东西不是最佳的表达爱意的方式，钱也不是衡量一个男人的最好标准，但是愿不愿意花钱是衡量一个男人的真心的标杆。如果他爱你，整个身心都是你的，那愿意为你花钱，愿意送东西给你，也是自然而然的事情。

如果你喜欢晴天，那我就在风和日丽的春天里带你游玩，在金色的阳光下看着你迷人的笑脸。

如果你喜欢看电影，那我就算困得睁不开眼睛也会坚持陪你看完，因为我知道你没人陪的时候会很孤单。

如果你喜欢美食，那我一定会找遍这座小城，寻出最有特色的店，带你尽情地吃。

给的不仅仅是礼物，更是关心、疼爱、安全感。

因为爱你，所以想给你最好的东西。

一家人之间，有话要直说

01

有段时间，我连续晚上加班，一直到凌晨才休息，早上6点半就得起床。我的睡眠严重不足，白天都靠一杯接一杯的咖啡撑着。

有一天中午，吃过午饭，我实在撑不住了，对我妈说："我去房间午睡会儿，你帮我看着孩子看书。"我平时是从来不午睡的，可见我困倦至极。

我妈说："好。"

我便进了卧室，脱衣钻进被窝，感觉浓浓的睡意席卷而来。这时，客厅里突然响起我妈那爽朗的声音："桂兰啊……哎，才吃过午饭的……你吃过了吗……哈哈哈……"

我妈这是在打电话给我小姨，吵得我睡意全无。我知道我妈天天闷在屋里，也着实孤单。往常这时候，她要么午睡，要么下楼找那些老奶奶们唠嗑去了。

今天她走不开，拘在家里，孩子看书，她没事做，也闷得慌，于是打个电话跟小姨拉家常。

这是我站在我妈的角度想到的。

可是，此时此刻，我困倦极了，偏偏我有些神经衰弱，有点响声我都睡不着，更何况外面我妈的高音调大嗓门呢？

我心里那个急啊！又忍不住埋怨起我妈来——向来粗枝大叶惯了，不懂得体谅旁人。我想睡又睡不着，想出门叫我妈别打电话，又怕她多心了，以为我嫌她了，那就不好了。

就这样，我在床上翻来覆去，百爪挠心，痛苦不堪。客厅里我妈的声音还在不断地传来……

这时，提醒下午上班的闹钟响了，我浑浑噩噩地爬起来，感觉比躺下之前更加头昏，我满肚子都是火。

在上班的路上，我气鼓鼓地打电话给闺蜜诉苦："我妈应该想到，姑娘肯定困得不行了才午睡的，怎么就不体谅呢？"我还在絮絮叨叨地说着，闺蜜打断我的话："你为什么不跟你妈直说呢？你现在跟我说一百句都于事无补，都不及你当时提醒你妈一句。"

闺蜜一语中的，我当时就愣住了。

闺蜜接着说："一家人之间，心里有话就直说，说话的时候好好说，注意方式就行了。我不信你妈不讲情理。"

如醍醐灌顶，如拨云见日。是啊！我为什么不跟我妈直说呢？

本来就是一句话的事。而现在，我满肚子牢骚，我妈一无所知，能解决问题吗？

02

人与人之间的交往中，我比较反感说话绕来绕去的交流方式。

有话不直说，含沙射影，顾左右而言他，话里有话，非要让人猜，很容易就会让对方产生误解，反而耽误事。

那么，一家人之间，有话直说就更为重要。

有调查显示，夫妻之间有话直说的情况下，婚姻的质量更高。

还记得我家隔壁的那对小夫妻吗？有一天，我的女邻居苏苏又来我家找我吐槽她家梁子。

因为一件很小的事情，小夫妻已经冷战了几天了。

上周六中午，吃午饭的时候，苏苏跟梁子说，下午一起去男装店逛逛，换季了，给梁子买两件秋装。

哪晓得饭后，苏苏接到女同学的电话，约她下午一起去美容院做脸。苏苏想着办好的美容卡才去了一两次，就毫不犹豫地答应了同学。

把这事告诉梁子的时候，梁子也没表示反对。于是，苏苏就和同学在美容院待了一下午。

等到傍晚，苏苏回到家，她感觉梁子的情绪不对劲，对她的态度冷冷的，爱搭不理。

苏苏越发觉得有问题，吃饭的时候热情地给梁子夹菜、盛饭，梁子鼻孔里"哼"了声。苏苏急了，便问梁子："我哪里做得不对，让你生气了，你倒是说呀！你说呀！"

梁子一开始一言不发，后来他气鼓鼓地说："我不说！你自己想！"这句话把苏苏惹毛了——我犯了法了吗？至于这样吗？索性也不理他。当天晚上，两个人就背靠背睡了。

在之后的几天，苏苏一直在想，到底哪里出了问题，忍不住胡思乱想起来。

后来，是梁子自己绷不住了，告诉苏苏："那天明明说好了下午一起去逛街的，你为什么答应你同学去美容院？"甚至还问苏苏："你是不是不那么在乎我了？"

弄得苏苏哭笑不得。

苏苏跟我说，屁大的事，搞出这么大的动静。

"我承认我有些大大咧咧，我以为这是小事，他不会放在心上。哪晓得他这么介意。话又说回来，要是那天中午梁子直接表达想跟我逛街的意思,我肯定会再打个电话约同学下次去美容院。他怎么就不直说呢?唉……"

我相信类似这样的事情,在许多夫妻间都有发生,说起来是矫情,是不值得,但是发展到最严重的程度,就是我们所说的冷暴力。

所以,夫妻之间,无论哪一方心里有事,都要开诚布公地直接说,有什么意见直接提。

如果藏着掖着,闷在肚子里发酵,只会对对方的怨念更深,误会更大,小小的一件事也会恶化成大问题,影响了夫妻感情。

03

我有个学姐叫萍萍,现在也是我同事,她的办公室就在我的教室隔壁。

昨天早上我去她办公室,看见她桌上摆着一大束鲜花,原来是她生日,她先生一早就去花店定了花,让花店的人送到学校,给了老婆一个惊喜。

仔细一瞧,花朵间还夹着一张卡片,上面是她先生亲手写的生日祝福和爱的感言,满满的爱意从字里行间溢了出来。

萍萍娇羞地说:"也不知道他是什么时候写的,怎么有这么多话说?"办公室的女老师们都表示羡慕萍萍有这样浪漫体贴的老公。

萍萍告诉大家,其实她先生原来也是个榆木疙瘩,刚结婚时,他不懂得怎么哄老婆开心,也不懂得如何浪漫,更不懂得如何表达对妻子的爱。

为此,喜欢文艺和浪漫的萍萍没少生气。更气人的是,他还不知道萍萍为什么生气。

后来,萍萍跟她先生开诚布公地沟通了一番,直接告诉他,我向往的婚姻生活和夫妻之道是怎样的，我想要什么，我希望你怎么表达。

同时，她也要求先生有什么话就直说，有什么问题就直接提，把矛盾摆在桌面上，两个人一起商量解决问题的办法。

萍萍最后总结道："男人啊，是可以调教的。夫妻之间，一定要多沟通，这样才能和睦。"

怪不得萍萍跟她老公结婚十多年了，儿子都上初中了，两个人还是这么恩爱。

04

就在那天早上，萍萍给我们几个老师上了一课。

她说，"有话直说，有话好好说"是让一个家庭变得和睦的秘诀，可以说是定海神针了。

不只是她和先生之间有话直说，她跟婆婆也是有话直说，不要心机。

比如以前孩子做错事，萍萍教训孩子的时候，婆婆就会护短，一把拉过孩子并指责萍萍对孩子太严，萍萍心里大为不悦。

后来，趁着孩子不在，萍萍跟婆婆谈心，一是表明孩子做错事应该受到相应的惩罚，否则孩子将来就会无法无天。二是希望婆婆在自己教育孩子的时候，跟自己统一战线，维护自己做母亲的尊严。

萍萍这么一说，婆婆便理解了，她是孩子的奶奶，她心疼孩子，所以希望萍萍训孩子的时候注意方式。

你看，一句话能让人跳，一句话也能让人笑。把问题摆到台面上讲，好好说话，皆大欢喜。

假设一下，如果萍萍有话不直说，而是跟老公吐槽婆婆的不是，或是婆婆有话不直说，在外面散布媳妇的不是，或是在儿子面前诉苦……

那就剪不断、理还乱了。婆媳、夫妻关系剑拔弩张，很容易引起纷争，爆发家庭大战。

其实生活中，家人之间发生争吵，大多是因为沟通的问题。

如果有话不直说，让对方去猜、去想、去反思，只会加深两个人之间的矛盾。

适当地用正确的方式、合理的做法与对方沟通交流，或许生活会更轻松、欢快。

明白这个道理之后的某天中午，我午睡前跟我妈说："妈，我睡一会儿啊，昨天熬夜了，你看着孩子看书，让他别出声，有点声音我都睡不着。"

我妈立刻当回事了，自己先轻手轻脚地把拖把放下了，"我不拖地了，免得有声音，你快去睡。"

你看，一句话的事，多好！嘿嘿！

女人的独立，
就是生活的底气

长得漂亮是优势，活得漂亮是本事！
精神和经济独立的女人，才是最美丽、最智慧的女人。

遇到"妈宝男",请绕道走

01

微信好友里的一个小姑娘桐桐找我倾诉:

"我遇到一个男孩子,我们情投意合,但是他妈妈因为生肖不合,不同意我们在一起。"

"我们坚持了一个月,昨天他跟我说放弃了。"

"他说他能做到的,就是接我电话,回我信息,我找他,他会安排时间来陪我。"

"但是他不会给我任何承诺。"

不知道大家看了之后作何感想?

我看到后面的两句,觉得又好气又好笑。这不就是传说中的"不主动、不拒绝、不负责"的"三不渣男"吗?终于见到真的了!

谁给他的勇气,让他好意思说出这样的话来?

桐桐我认识,长得清清爽爽,十分秀气,发的朋友圈也是读书、旅行、厨艺、宠物,满满的生活情趣和正能量,怎么就偏偏遇上了这样的男孩子?

年轻的姑娘总是以为恋爱大过天,遇到自己喜欢的男孩子,什么都可以接受,都可以委曲求全。

可是,我劝桐桐,这样的男孩子可千万不能嫁啊!你能委屈一时,不可能委屈一世的。

02

也许有读者注意到倾诉里的"他妈妈……不同意"了。

我和桐桐聊了不少，后来我才明白，一个男孩子把自己看得如此金贵，可以对女孩子说出"三不原则"，这种勇气不是梁静茹给的，而是他妈妈给的。

据说这个男孩子是二胎，上头有个姐姐，和所有重男轻女的家庭一样，父母对他倾注了所有的疼爱，尤其是他妈妈，简直把他捧在手心里。

男孩子呢？什么事都听他妈妈的，唯母命是从。

到了谈婚论嫁的年龄，男孩子的妈妈哪舍得让别的女孩子分去了儿子对自己的爱，所以百般挑剔，百般刁难。

他妈妈不同意儿子跟桐桐在一起的理由是生肖不合，其实之前男孩子也谈过几次恋爱，都被他妈妈以各种理由拆散，不是嫌这个女孩子个子矮，就是说那个女孩子皮肤黑，还有一个，是说女孩子太瘦了不健康……

神奇的是，男孩子听了他妈妈的话，都坚决地跟女友分手了。

男孩子对桐桐表达自己的深情，意思是当他妈妈反对后，他跟别的女孩子都是当机立断，说分手就分手。而为了桐桐，他还跟他妈对抗了一个月，现在坚持不下去了，他能为桐桐做的，就是"你要是找我，我就陪你，但是给不了你承诺"。

呵呵，对于这样的"妈宝男"，我真的无话可说！

03

"妈宝男"，是一种怎样的生物？

知乎上曾经有一个问题是：如何分辨"妈宝男"？有一段话获得了高度赞扬，我简单概括一下：

什么事情都要跟家人汇报，依赖性强。

母亲个性强势，孩子人格不独立。男孩子往往不成熟，不会正确处理女友和家人的关系，跟女友吵架后，往往会找父母诉苦。

男孩子言语中会经常提及父母，以父母的意见为大。遇到问题总寻求父母的帮助，习惯寻求庇护而不是自己解决或者保护别人。

其父母表现为对儿子历任女友都不满意，只觉得自己的孩子最好，整个家庭就容不下女孩子。

"妈宝男"，就是没断奶的巨婴。

遇到这样的男人，无论是恋爱，还是结婚，那么你相处的对象不仅仅是男人，还有他身后的那一张无形的关系网。

这张关系网，会让你无力招架。

04

我给桐桐讲了我同学凌子的例子，凌子之前嫁的就是"妈宝男"，后来她离婚了。

她前夫经常挂在嘴边的一句话就是："我妈不容易"。这句话背后的潜台词是："我妈吃了很多苦把我养大，所以她有至高无上的地位，如果以后你跟她有矛盾，我肯定站在她那边，你只能低头忍受。"

事实上也是如此。家里大大小小的事情，前夫都以他妈妈的意见为准，根本没有凌子置喙的余地。

如果凌子提出不同意见，前夫就会冲凌子大吼："她是我妈，我不听她的，难道听你的？"

婆婆在家翻凌子的衣物，插手他们的财政，干涉他们的生活……

渐渐地,凌子彻底寒了心,索性带着孩子离婚了。

我跟桐桐说,假如你嫁给一个"妈宝男",我们可以想象一幅幅婚后的画面——

某一天,你做好了饭菜,婆婆在饭桌上挑三拣四,说你这个菜盐放多了,那个菜又太淡,但是你的老公并没有站在你的这边,而是跟着他妈一起说你的不是。

你在生孩子的时候,婆婆坚持要顺产,而你不愿意顺产,你老公乖乖听妈妈的话,跟医生要求坚持顺产。

孩子做错事,你教育他,婆婆却当着孩子的面冲你发火,而你老公也说你没带好孩子。

你跟老公有了矛盾,老公不是想方设法地哄你,而是到他妈妈面前告状,然后母子两个一起对付你,开批判会……

这不是随意的揣测与幻想,而是实实在在发生在我们身边的真实案例。

姑娘,这些,你能应对吗?你能忍受吗?

一个真正值得嫁的男人,一定是有独立思考能力的男人,是一个有担当的男人。这样,两个人才能相处不累,婚姻才会长久。

所以,碰到"妈宝男",不管他条件有多好,请绕道走。

结了婚的女人，一定要有点钱

01

我妈平日住在我这里，照顾我和孩子。渐渐地，她也就和小区里的一帮阿姨处得熟了，一有时间，她们就相约去逛街、散步、打牌。

我也乐意我妈多出去走走，多接触人，这样才不寂寞。

有一天，我妈和另外三个阿姨一起去三井巷吃鸭血粉丝汤，一人一碗，一碗10块钱。我妈抢着付账，其他阿姨不让，最后各付各的。

吃完之后，她们都表示已经吃饱了，晚上回家不吃晚饭。

这事我知道，我妈确实没吃晚饭，也告诉了我她吃了鸭血粉丝汤。

哪晓得，隔天下午，我妈下楼跟阿姨们会合，发现奕奕阿姨没有来，她的邻居丁阿姨叹了口气，说："别提了，奕奕阿姨被她的老公骂了……"

众人大惊，丁阿姨便告诉大家事情的原委。

那天吃完鸭血粉丝汤之后，奕奕阿姨回家做了一家人的晚饭，晚饭时，她没吃。她老公觉得奇怪，便问她为什么不吃，奕奕阿姨就实话实说了。哪知道她老公大发雷霆，大骂奕奕阿姨败家，"拿买菜的钱去吃它，10块钱买点蔬菜回来炒炒，一家人可以吃得饱饱的……你吃了成仙吗？"

她老公的嗓门很大，毫不顾忌左右的邻居，隔壁的丁阿姨听得一清二楚，她还很自责，觉得不该拉奕奕阿姨一起吃。

丁阿姨还说，奕奕阿姨自打进了他家的门，就在她老公手下讨生活，自己没工作，她老公有退休工资，钱都在他手里攥着，奕奕阿姨用的钱都要问她老公拿。还有，这么多年，奕奕阿姨身上穿的衣服大多是她的小姑子淘汰下来的旧衣服，很少买新衣服。

我妈不住地感叹奕奕阿姨的日子过得憋屈，明明家里不穷，可是吃碗粉丝汤都要被老公抱怨。

我在心里想：婚姻里的女人，一定要有点钱，要不然一辈子靠男人，一辈子忍气吞声，等到年老了，连10块钱的主都做不了。

02

也许有人会说，老人家日子过得节俭，所以心疼这10块钱，而年轻夫妻之间就不会这样为钱计较。

可是我想说，金钱是我们一生都逃不开的命题。不管什么时候，女人都不要失去赚钱的能力，不要把没钱当作理所当然，也不要相信男人说的"我养你"这句话。

"我养你"是有保质期的，并不是一生的承诺，总有一天，你会发现这句话是多么可笑。

再说一件真实的案例。

我的读者沙拉周三找我倾诉，她和她先生小何是大学同学，毕业之后一起回到小城工作，买房、结婚水到渠成，之后生了一个女儿。

小何开了一家小型的广告公司，每年赚不少钱，他干脆让沙拉在家专心带孩子，做全职主妇，他信誓旦旦地说："我是男人，我养我家的大公主和小公主。"

这句话听起来是不是很暖心、很有爱？

可是，这样温馨美好的日子没有持续多久。很快，沙拉发现向小何要钱,小何给钱越来越不爽快,态度一次比一次不耐烦。

孩子的东西比较费钱,小何问沙拉是不是挑贵的买了。有一次,沙拉把当月的水电费账单给小何看,小何下意识地问道:"怎么要这么多?"沙拉当时就愣住了。

上周日,沙拉弟弟的女儿10岁生日,沙拉想着作为姑姑总要表示一下。沙拉也没敢多要,她跟小何提出包600块钱红包给小侄女作为贺礼,而小何坚持只包300块钱。

沙拉不依,"我自己的亲侄女,包300块钱太少了。"两个人为了出多少贺礼钱争执了起来,其间小何口不择言,说了句:"你有赚过一分钱吗?花别人的钱你一点都不心疼。"

那一刻,沙拉特别伤心,那个说着"我养你、爱你、宠你一辈子"的男人,因为钱,成了"别人"。

我对沙拉说,很多恩爱夫妻会因为钱而闹得不可开交,你还年轻,不要失去自己赚钱的能力,女人一定要有钱,要有自己挣的钱,这样才能活得更有底气,在婚姻里才能拥有话语权。

不管以后发生什么事,有钱在手,也会淡定、从容很多,也会有重新开始的勇气。

03

试想一下,结了婚的你,假如手里没钱,你还能做自己想做的事情吗?

你想踏着高跟鞋逛街做女王,他却说穿几十块钱的帆布鞋也是时尚。

你想请朋友吃顿饭联谊一下,他却说这些朋友没必要维系。

你想来一次说走就走的旅行,他却说小城的郊外也不乏风景……

你愿意因为没钱,只能在婚姻里变得卑微?你愿意在你最好的年纪，穿得差，用得便宜？

真正美好的爱情都讲究势均力敌，长久稳定的婚姻也是如此。

夫妻双方，你能挣钱，我也能挣钱，我们都有钱。你有范潇洒，我貌美如花。面包一起挣，责任一起扛，幸福一起找。

还有一点也很重要，婚姻里的女人，自己有钱了，才能更好地孝敬自己的父母。

正如沙拉所说，想给自己的亲侄女包个红包，都要问老公要钱，得看老公的脸色，特别像被施舍，这样的滋味真的不好受。

有人说，你赚钱的速度要赶上父母老去的速度。我对这句话深以为然。

我自己能挣钱，我愿意给我爸买保健品，陪我妈逛街，给爸妈报旅行团，谁都干涉不了。

就像那天我妈和阿姨们去吃鸭血粉丝汤，我妈抢着请客："我来付账，我姑娘每个月都给我钱呢！"我相信我妈说这话时很骄傲。

作为女儿，我能让我妈妈在外有恃无恐地请客，我也觉得挺自豪的。

树欲静而风不止，子欲养而亲不待。孝敬父母也需要物质支撑，尤其当父母有病有难的时候，能做到不需要仰人鼻息，尽自己最大的能力给父母周全的保障。

都说经济基础决定上层建筑，一定的财富基础和较高的赚钱能力，是你抵御世事无常的筹码。

婚姻就像一朵娇艳欲滴的花，看上去美丽动人，却总经不住风吹雨打。

而你的钱，可以让你挺起身板，可以为这朵花挡风遮雨，让它开得更久更茂盛。

经济不独立，你在家里哪有底气

01

深夜里，好友佩佩给我发来消息：鸟老师，我表姐遇到事情了，平时最会劝人的我，今天没话可说了。

佩佩的表姐叫妮妮，我经常听佩佩提起。妮妮本来上的是卫校，毕业当了护士，后来认识了她先生。她先生长得一表人才，能力不错，家境优渥，资产千万，谈恋爱的时候对妮妮百依百顺，十分殷勤。

初出校门的妮妮沉浸在爱河里，在20岁那年便和先生结了婚。先生信誓旦旦地对妮妮说："把工作辞了吧，我又不是养不起你。"妮妮听得十分感动，热泪盈眶，多好的男人啊！再想想护士的工作又辛苦，挣钱又少，还经常受气，于是，妮妮果断地辞职了。

说句不算题外话的题外话，我常告诫一些小姑娘：在婚礼上别忙着感动，别为灯光、鲜花、钻戒感动，别为多了一对爸妈感动，别为爱情有了一张证书感动……那只是生活的广告版和卖家秀，就像方便面口袋上的一行小字"图片仅供参考"一样。

还没有跟公婆相处，你还没生头胎和二胎，你还没激活后续章节，你不知道生活除了风花雪月外，还有一地鸡毛，你不知道自己的选择会带来什么样的结果。

还是说回妮妮。当妮妮辞了职，在家做少奶奶的时候，我们还挺羡慕她的。

婚后不久,妮妮就怀孕了,先是生了一个儿子,又生了一个女儿。虽说家里有保姆,但是妮妮一点也不轻松,毕竟先生忙于生意,顾不到家里,妮妮全心全意地照顾两个孩子的学习和生活,对双方的父母也是孝敬有加。

作为表妹,佩佩倒是经常劝妮妮,年纪轻轻别老是待在家里做家庭主妇,可以去姐夫公司里帮帮忙,做个出纳或是别的什么岗位。但是妮妮不听,她觉得这样挺好。反正不缺钱,男人每个月给她生活费的。

02

当男人在外有女人的风言风语传到妮妮的耳朵里时,妮妮不是没哭过,没闹过,但先生矢口否认:"你在我家不愁吃不愁穿,怎么管那么多啊?"妮妮瞬间没了声。

再后来,事情瞒不住了,家里人都知道妮妮的先生给小三买房买车,小三的孩子已经两个月了,急等着进门。

男人便跟妮妮摊牌,孩子都归他,他给妮妮一笔钱,要跟妮妮离婚。

妮妮声嘶力竭地控诉:"我这么多年一直照顾着全家老小,你就这么报答我?"

谁知道,她那强势且护短的婆婆直接回道:"那是我儿子在养着你,养着这个家,你挣一分钱了吗?你有什么资格跟他发火?"

妮妮哑口无言。是啊,自己确实没挣钱。哪怕生了孩子、照顾老小、操持家务,一直在全心全意地为家付出,但在家人眼里,还是"没挣一分钱"的寄生虫。

经济不独立,你在家里哪有底气?

妮妮舍不得两个孩子，但是她获得孩子抚养权的希望渺茫。且不说男人争夺抚养权的强势态度，就凭她现在的处境，假如离婚了，别说抚养孩子，连自己的生活都成问题。

想离婚，舍不得孩子。不离婚，变心的男人拉不回来，以后的日子也艰难。

一个女人，在婚姻里腹背受敌，却没有离婚的勇气，这就是被衣食绊住了自由。

"我养你"真的是特别动听的情话，很容易就叫人头晕目眩，火花四溅。但是说实在的，世上的男人，除了自己爸爸说"我养你"，你能百分之百地相信，别的男人说"我养你"，你当情话听听就好了，千万别傻乎乎地相信。你要是真的信了，并且真靠男人养着，你会发现那个所谓的"我养你"，指的是"你安心在家做饭、洗衣服、带孩子、伺候公婆"，而不是"你安心去美容、去逛街购物、喝下午茶、练瑜伽、去锻炼"。

你在家带娃、做家务不比上班轻松，常常累得不行，但是在男人和公婆眼里，他们会认为：男人养着你，你天天在家有啥累的？

当你真的没有自己的工作或事业，你花着别人的钱，你就得做好随时被别人轰走的准备。

经济基础决定上层建筑，实践在生活的每个角落里。

经济不独立，生活就会撕开残忍的外衣，让你措手不及，泪飞如雨，却无能为力。

03

我这么讲，并不是说女人不赚钱就没地位，也不是说家庭妇女不如职业女性，我身边也有好多全职妈妈，她们家庭和睦，其乐融融。

我只是告诉大家，凡事总有特例，要想到最坏的结果。

很多时候，那些赚钱的人是不会体谅那个在家一直默默奉献的人的，他们觉得，既然我养了你，你所做的一切都是理所当然的。

当你为了水电费问他要钱的时候，当你为了一支心仪的口红开口索要的时候，当你为了孝敬自己爸妈向他伸手的时候，就要做好被责怪、被揶揄、被拒绝的准备。

鲁迅先生曾写过对《娜拉走后怎样》的思考，他说，如果口袋里没钱，不外乎两种结局：一是回来，二是饿死。

是的，你自己能挣钱，想买什么就能买什么，但如果你没有一个固定的收入来源，就不能随心所欲地做你想做的事、买你想买的东西了。

经济上的不独立，意味着你要天天看着别人的脸色过日子。

也许你会说，过得不开心，那就离啊。

我想告诉你的是，许多女人并不是不愿离，而是不敢离。

04

前几日，一个女性读者向我倾诉，她和妮妮一样，也是全职妈妈。她说她感觉婚姻没有安全感，自己在家带孩子，老公在外面做生意，她总是担心老公会不会拈花惹草，包养小三，老是胡思乱想。

于是，她向老公提出，把做生意的资金全部转到她的名下，美其名曰：我没办法看住你的人，我就管住你的钱。

很显然，她老公拒绝了她的要求。

这和他爱不爱你、出不出轨没什么关系。因为你连养活自己的能力都没有，实在没有办法把资金全部交给你打理，他不信任你的能力。

一个女人要想活得漂亮，就一定要经济独立。只有这样，你才能挺直腰杆、理直气壮地追求自己想要的东西。自己足够强大，才有在感情中平等的资格。

我有一个女性好友,她是一家知名餐饮店的经理,收入不菲,老公也很能干,挣钱多又宠她。

照理说,她家经济宽裕,生活幸福。可她还在朋友圈做起了微商,代理一家知名的日化品牌(说实话,我并不反感微商。虚假欺骗的微商固然让人讨厌,而那些以诚信为本、货真价实的微商让我敬佩不已)。我经常看她勤奋地发朋友圈,下班之后去发货送货,忙得紧张而充实。

有一次我开玩笑地对她说:"你老公那么宠你,你还这么拼命挣钱干什么?"她告诉我说:"他有钱是他的本事,他给我钱,我照样笑纳,但是我自己也要有挣钱的能力,这样在婚姻里我才有平等对话的资格和更多选择的权利。"

是啊,自己有钱,才能从容,才有底气,才能更好地享受生活。在面对任何状况的时候,都不会因为物质而束缚住自己的手脚。

05

亲爱的女性朋友们,不管你外表条件如何,不管你家境如何,都要牢牢记住:你必须有自己独立的工作和经济来源。

这带给你的不只是钱,更是独立的人格。

你有自己的朋友圈子和奋斗目标,不会让你越来越失去自我,不会让你和这个世界脱轨,你会活得越来越精彩,变得越来越优秀。

感情是把心交给别人掌握,而事业才是牢牢掌控自己人生的筹码。

就算有一天全世界都抛弃了你,至少你的事业不会将你抛弃,而且还能给你一份物质保障。

长得漂亮是优势,活得漂亮是本事!

经济独立的女人,才是最美丽、最有智慧的女人。

远离心穷的男人

01

我看到这样一则骇人听闻的新闻：

万某与妻子小芳于某年6月20日登记结婚，夫妻俩在市区开了一家大排档店。7月6日晚上8点左右，店内一桌客人消费了275块钱。

万某拿走了客人结账的275块钱的餐费，小芳跟丈夫讨要遭到拒绝，夫妻俩为此发生激烈的争吵。在吵架过程中，万某竟然拿锤子将店铺空调外面的水泵外壳砸了个洞。小芳既生气又害怕，打电话给表姐和表姐夫。

没过多久，表姐夫老石、表姐阿凤和他们的儿子小石，一家三口就开车赶了过来。话不投机，万某与老石一家也发生争执，双方互有一些推搡行为。

情绪爆发的万某从口袋里拿出一把水果刀，对阿凤的脸部划了几刀，阿凤捂住脸倒在地上。接着，万某又拿刀捅向老石的胸部，情绪完全失控的万某又捅向小石。

听到表姐喊"救命"，小芳赶上前去，却发现表姐一家三口倒在血泊中，惊慌失措。

这时，她看见杀红了眼的丈夫拿着刀冲了过来，她扭头就跑，可还是被追上来的万某捅伤了左肩、左脸。

旁边卖水果的张大哥看到万某在追赶小芳，就赶紧跑过去劝万某住手。没想到，万某不仅不听劝，还捅了张大哥胸部一刀。

后来，冷静下来的万某自己拨打110报警，并在现场等待。

老石被送到医院，因为被锐器刺穿胸部，导致主动脉弓破裂，引起大出血死亡。其他四人分属轻伤、轻微伤。

据大排档店房东反映，万某平时脾气比较暴躁，与小芳经常吵架，领结婚证的前一晚，两个人还在吵。

最终，这名暴脾气的新郎万某被泰州市中级人民法院判处死刑，缓期两年执行，并被限制减刑。

02

275块钱的餐费归谁，成了血案的导火索。

后果是一死四伤，自己也落得锒铛入狱，两年后执行死刑。

一次冲动，代价太大。

关于这起血案，群众也是议论纷纷，表示万某死有余辜。

我看了新闻，也是感慨万千，为这个姑娘感到不值：没结婚时就知道男人的脾气暴躁，做事冲动，为什么还要嫁给这样的男人？

而且，作为老公，居然连275块钱的餐费都舍不得给老婆，这样的男人也就这点出息。就算不发生血案，估计万某和小芳以后的婚姻生活也不会太幸福。

这样的男人，心穷。心穷的男人，格局太小，脾气暴躁，他的世界里只有自己，撑不起婚姻，维护不了家庭。

照理说，万某和小芳才结婚不到一个月，正是新婚宴尔，蜜里调油，即便万某对小芳不百依百顺，起码也得哄着。

况且，看新闻，小芳也不是好吃懒做之人，跟万某一起经营大排档店，她是舍得跟老公一起吃苦的，而且她对小店付出的精力远比老公多得多。

区区275块钱，他都舍不得给你，还怎么指望他将来为你遮风挡雨？

真正爱你的男人，只怕给得不够，不爱你的男人，只嫌你要得太多。

03

想到之前微博上有一个特别火的帖子：

博主在商场排队买冰激凌，看到一个孕妇跟她旁边的男人说："老公，我想吃冰激凌。"男人走过去询问了价格，15块钱一支，然后连忙拽起孕妇就走，孕妇不走。男人急了，向孕妇大喊道："不能买！吃这么贵的东西，15块钱顶我一盒烟钱了，快走！"

"15块钱顶他一盒烟钱了"，这句话多么让人心寒。怀孕的老婆嘴馋，只是想吃一个冰激凌而已，却不如他的烟重要，这样的男人自私到了极点。

其实，很多男人并不是舍不得花钱，而是在花钱之前，他们衡量着这份钱花在这个地方或这个人身上值不值得。

04

俗话说：人穷三分冷，心穷七分苦。和一个身穷的人在一起，或许会苦一阵子。但和一个心穷的人在一起，却会苦一辈子。

我有个闺蜜叫桃子，秉着爱情至上的原则，不顾家人反对嫁给了一穷二白的大程。

桃子读的师范专业，没考上教师编制，在一家辅导机构当老师，而大程没固定工作，平时维修电脑。

当柴米油盐糅进了爱情里，一切都不一样了。大程对事业没什么追求，有活儿就做，没活儿就待在家里打游戏。桃子在辅导机构忙了一天，回家还要做饭给大程吃，还得打扫电脑旁的垃圾、烟灰。

桃子劝大程到单位应聘，可大程眼高手低，他自由散漫惯了，不愿意到单位里受束缚。后来，大程看到别人炒股赚了钱，也不管自己懂不懂，就盲目地往股市里投了一笔钱，妄图发财。哪晓得一败涂地，亏了本。炒股失败的大程在家唉声叹气，借酒浇愁，经常醉到不省人事。

当桃子劝大程找个稳当的行业时，大程冲桃子发火："你不就是嫌我穷吗？那好啊，离婚吧！离婚之后你去找有钱人吧！我告诉你，像你这么物质的女人，是不会得到幸福的！"桃子欲哭无泪。

后来，桃子想着自己开个辅导班，让大程也来帮忙，虽然苦一点，但也赚得多一点。可大程坚决反对，他怕吃苦、怕投资、怕折腾。在他看来，桃子的工资加上他自己赚的，一个月也有五六千，够用的了，赚那么多有什么用？

可桃子不想安于现状，又无可奈何，委屈和痛苦都写在了脸上，她经常找我倾诉。她说："工作累，家务累，也就算了，我最怕心累。"

是啊，一个心穷的男人背后，注定有一个心累的女人。

最可怕的是，和一个心穷的男人在一起，你自然也会变得和他一样，不仅心穷，而且身穷。

05

跟心穷的男人在一起，是很难有未来的。所以，真心希望所有的姑娘在婚前擦亮眼睛，在选择结婚对象的时候，一定要看清楚。

找一个心地善良、三观相合的人，一起走入幸福的婚姻。

如果和一个心穷的男人结婚，那么，人生将是一场灾难。

听说你离婚了，恭喜啊

01

半个月之前，我的好友玲子打电话给我："什么时候有空？咱俩吃顿饭。"

我问："有什么事？"

她笑道："我离婚了。儿子高考结束后，我拉着他去了民政局，领了离婚证。"

电话这边，我也笑了："真的啊？恭喜啊！"真不是我嘴贱，人家离婚，我还说出恭喜的话。

我是玲子这么多年来的婚姻生活的见证人。我知道玲子婚姻的酸苦辣，至于甜，几乎没有。

玲子是闪婚，婚后不久，他们夫妻就发现彼此性格不合，三观不一致。玲子喜欢安静，爱干净。而她老公喜欢闹腾，臭袜子随便丢，还把擦鼻涕的纸巾故意往床底下扔。这种自欺欺人的伪干净，让玲子作呕。

说起来都是小事，可这些小事像鞋子里的沙砾，磨得脚生疼。磨得脚起了茧，茧子蜕皮后露出新肉，再一次经受着磨砺的痛。

周而复始，恶性循环。

刚结婚，两个人过不到一块去，为了一件小事就能怄气冷战，把最伤人的话贡献给对方。把吵架当成常态，就算最简单的话，都要吼着说。后来，他们不吵了，彼此对对方不再期待，视对方为无物。

不会包容，不会体谅，所有的不堪和不满都被放大，心里憋着一个委屈的气球，越来越大，闷得慌。

憋屈，疼痛，忍耐。

在琐碎的生活中，两个坏脾气的孩子，互相看不顺眼又舍不得断腕再来。前途是张网，看不到方向。

玲子不是不想离婚，只是年轻时考虑到父母的期待、孩子的成长、亲友的看待，让她犹豫再三。每次都是鼓足勇气伸出离婚的触角，又像被烫了似的缩回来。这样蹉跎，半生已过，终于到了忍无可忍的地步。

他们同时约定，等到孩子高考结束，就去办理离婚手续。

玲子说，她拿到离婚证，走出民政局，感觉天也蓝了，树也绿了，花也红了……连呼吸都格外顺畅。玲子无比懊恼，早知道解脱的感觉这么好，当初就应该在发现不合适的时候及时地终止婚姻。

"所以，离婚真的是一件值得恭喜的事。"玲子说。

02

我曾经跟我的好友小安探讨过离婚的话题。

小安是人民医院的护士，她打了一个比方：

不好的婚姻，仿佛长在胸口的一个瘤子，你眼睁睁地看着它慢慢长大，搅得自己寝食难安，恨不得切除而后快。衣服遮着，旁人又看不到，只觉得你衣冠精致，神采飞扬。

只有你自己知道，这个瘤子让你有多难熬。它已经长大到令你无法承受的重量，甚至，开始溃烂，流出的脓液，连衣服都遮不住，别人一目了然，心知肚明。

当你想切除这个瘤子的时候，别人会劝你：

"好歹是块肉。"

"都长了这么多年了,都有感情了。"

"这个瘤子又不会致死,切了干什么?"

瘤子长在你身上,痛苦是你在承受,别人怎么会感同身受?

这个瘤子虽不会致命,但是会让人发疯。如果不趁早切除,随着时间的发展,瘤子只会变成定时炸弹。时时叫人痛苦,时时让人悔恨。

等到一发不可收拾,你会懊悔:假如早点切除,该多好!

是啊,早点切除,一刀两断,把不好的肉割掉,留下健康的躯体。

虽然手术的地方会留下伤口,但是岁月是最好的医生,随着时间的流逝,伤口会结痂,疤痕会变淡,会消退,甚至完全看不见伤口。

这样的焕然新生,怎么能不被恭喜?

03

我的文友小寒,四年前带着女儿离婚。

自打女儿出生,前夫一家就非常嫌弃这个孩子,对小寒也是冷言冷语。照顾女儿的责任,全落在小寒一个人身上。

前夫不管是金钱还是关爱,几乎都没有付出,还在外面勾三搭四。

小寒有自己的工作,业余时间,她在一家网站写小说,额外赚取一点费用,毕竟孩子的生活开销还是挺大的。

小寒的文章写得好,在网上吸引了一批忠实的粉丝。每次小寒更新小说,文章下面一片好评。

唯一不和谐的声音,是来自她的男人。他专门注册了一个号,用低级的言语公开诋毁小寒:你写小说不就是为了勾引网上的男人吗?

这句话让小寒彻底凉了心。

原来,一味地忍耐,一味地委曲求全,并不会让男人对自己好一点,他只会得寸进尺、变本加厉。

小寒愤然离婚,男方拿孩子要挟:"要孩子可以,必须净身出户!"小寒冷笑着签了字。

小寒说,离婚之后的日子,是她过得最舒心的日子。带带孩子,写写文章,悠闲而安静,而且她现在并不急着再婚。

"不管离不离婚,孩子都是我带,钱都是我挣。那我还要那个名义上的婚姻干什么?我要那个男人干什么?留着他欺负我吗?"小寒说。

想明白了,离婚就不是洪水猛兽,就不是一件可怕的事情。

对于有些女人来说,离婚好比是灭顶之灾,婚姻只要还能延续得下去,她们都愿意忍气吞声。

可是,人齐心不齐的家庭,是完整的吗?

暴力的、不求上进的爸爸是孩子的榜样吗?

孩子生活在一个充满冷漠和暴力的家庭里,才是最糟糕的事情。倒不如分开,给自己一条生路,也给孩子一条生路。

04

婚姻幸不幸福,看她的脸就知道了。

好的婚姻,就像一盆开得旺的花,舒展着、张扬着、享受着。而不好的婚姻,就像把隔夜的剩菜装盘一样,再怎么精心摆盘,都看得出用力的痕迹和无奈的叹息。

我的读者棉棉是个苦命的女人,丈夫家暴,稍有不顺,就对她拳打脚踢。

每次棉棉被丈夫打,都会找我哭诉,我让她报警,起诉离婚。可是,她不敢,为了孩子能有一个完整的家,为了孩子有个爸爸。

就在昨天,棉棉给我发消息:"昨晚他又打我了,往死里打,我报警了……日子过到头了,我找律师起诉离婚,好多人劝我为了孩子别离婚,可是,不离婚的话,我这日子还有什么盼头?"

我对她说:"离婚是对的,将来的你会感谢自己现在的勇敢。"

结婚要小心,离婚要恭喜。

有些爱,过去了就是过去了,永远不可能回到当初。

有些事,错了就是错了,永远也无法再改过来。

当我们知道自己爱错了人的时候,要记得及时转身,那样才有机会喘息,才有机会脱身,才有可能拥抱新生活。

离婚,可能会很痛。

但不会痛一辈子。

天有乌云，亦有阳光

01

我几乎见证了穗子人生的大起大落，穗子原本有个幸福的三口之家，2005年的秋天，穗子老公的一句"我们离婚吧"，像秋日的风一样萧瑟，把穗子的心吹凉了。

结婚3年，两人也没多少存款，婚房是公婆的名字，穗子无权也无意支配。

女儿3岁，她执意要了孩子的抚养权。

一人进门，两人离开，除了内心留下难以愈合的伤之外，表面上看起来，这婚离得清清爽爽，毫无牵绊。

穗子说："要不是看着身边多个孩子，感觉就像没结过婚似的。"

离婚后的穗子在工作单位和女儿幼儿园之间的小区租了一套小房子，好在自己的工资能够支付房租和日常生活开支。至于将来能不能买房，想都不敢想。

离婚后的第二年春天，发生了两件事。

一是前夫再婚，据说前夫在婚内就和这个女人好了，就等着穗子挪窝。

二是穗子的妈妈得了淋巴癌，是晚期，还是罕见的浆细胞淋巴瘤。

穗子来不及哀痛充满欺骗、谎言的婚姻，就匆匆整理心情和精力，为了妈妈的病情奔波。

02

穗子出身农村，家境一般。

她爸爸原先是镇上厂里的工人，平时嗜酒。在几年前，他突然中风，送去医院抢救。出院之后，在妈妈的照顾下，他渐渐恢复。现在可以自己照顾自己，但他丧失了劳动能力。

她的妈妈，身材矮小，先是常年的田间劳作，再是丈夫的突发中风，然后是女儿不幸的婚姻，生活的压力、精神的刺激，使她未老先衰。

最后一次诊断，医生说她的癌细胞已经扩散到了骨髓。

放弃治疗，穗子万万不肯。

穗子的妈妈体质很差，整个人被病痛消耗得非常厉害，无法承受高强度的化疗，医生说都已经是晚期了，如果化疗的话，成功率低于5％，而且患者一般挨不过第二个疗程就……穗子的妈妈只能采取强度最小的药物治疗。副作用最小，效果也最小，只能期待奇迹的发生。

上有病痛的双亲，下有幼儿园的孩子，手边没有多余的闲钱。唯一不太糟的情况就是，父母早年存了一笔钱，本想用作他们的养老金，现在可以拿出来给妈妈治病，高昂的住院费和医药费暂时能承受得起。

当时穗子需要面对的情况是：妈妈住院，没人照顾；爸爸在家，需要人定时照顾；孩子上幼儿园，需要人接送和照顾。

假如她辞职照顾爸爸妈妈和孩子，那么孩子的学费、生活费以及爸爸的养老费就没了着落。

人生啊，就是这么猝不及防，步步惊心。

03

穗子只好把爸爸接到城里一起住。

每天晚上,穗子把爸爸和女儿安顿下来之后,再飞奔去医院照看妈妈。

第二天清早,喂妈妈吃完早饭,跟医生护士对接之后,再匆匆回家,给爸爸和女儿准备早饭,收拾好了,送女儿去幼儿园,再去单位上班。

穗子在单位忙得脚不沾地。

得知穗子的家庭情况后,领导体恤,允许穗子中午提前休息半个小时。

穗子利用这半个小时去菜场买菜,回家做饭,留好了爸爸的饭,穗子带着大小保温餐盒心急火燎地去医院,伺候妈妈吃饭,自己也跟着解决午饭,然后去单位上班。

傍晚,穗子去幼儿园接了女儿回家,给爸爸和女儿做晚饭,安顿他们吃饭、睡觉,自己再去医院陪护妈妈。

好在穗子的二姨和小姨可以抽空去医院轮流照看穗子的妈妈,但长期照顾肯定是不行的,谁家都有自己的生活。

穗子每天奔波于家、单位、幼儿园、医院之间,时间都掐着准点,风风火火,像个不得停歇的陀螺。

妈妈病床旁的折叠床,穗子在上面蜷缩着度过了一个又一个夜晚。

那辆破旧的电动车,载着穗子东奔西跑。

穗子每天疲于工作,又忙着照顾家里,完全心力交瘁。

30岁不到的女人,没有自己的生活空间,没有任何娱乐,没有时间化妆,每天睁开眼睛就是跟生活死磕。

生活,把穗子几乎逼到绝路,她拉着妈妈那骨头格外突出的手,忍不住流泪。

其实最难熬的，不是没钱，不是辛苦，而是她要看着特别要强的妈妈，躺在床上，吃喝拉撒都要人帮忙，她每天都在数日子，等着多活一天，或者宣告彻底失败。

这个时候，自己是家里唯一的主心骨，父母和孩子指望自己对抗世事，所以她只能收起忧伤，步履铿锵地继续奋斗。

04

穗子在一家单位做会计，已经有六年了，薪资稳定，只有在年末可以升职加薪，除此之外，基本上没有发财的可能。

在她妈妈确诊病情之初，穗子想过辞职，这样就能照顾一家老小，可要是没了工作，谁给你每个月准时发钱呢？

现实会阻止你的冲动，也能给你置之死地而后生的勇气。

她非但不能辞职，还要想办法赚更多钱。

人，只有到了前有狼后有虎、进退两难的境地，才会真切地觉得，钱虽然不是万能的，但能解决生活中绝大部分的问题。

穗子开始接私活，用自己过硬的业务水平，帮其他单位代账。她不只给一家做，除了本地的企业，她还在网站上查看哪些单位招聘兼职。

晚上，穗子在医院陪护妈妈的时候，等病房里的人都睡着了，她打开电脑，借着医院走廊上的灯光，完成这些私活。

尽管身心俱疲，哈欠连天，但穗子用冷水洗洗脸，强撑着，咬着牙，不容自己的活儿出现一点差错。她知道，假如出错的话，给自己带来的，将是更大的困扰和灾难。

我不知道穗子接了多少私活，我只知道，穗子在那一两年，视力下降得厉害,她让我陪她一起去配了一副眼镜。

穗子不分日夜地干私活挣钱,透支了体力,相应地得到了回报,她可以请得起一个护工专门在医院照看妈妈了。

而她,可以在繁忙紧密的生活事项中,得以稍事休息。

05

穗子的妈妈终是没能战胜病魔,奇迹没能发生,去世了。

穗子大哭一场。

料理了妈妈的丧事之后,穗子回到家,看到日渐苍老的爸爸和一天天长大的女儿。她觉得无父母可依,无男人可靠,只能靠自己,而挣钱是头等大事。

以后的几年,穗子除了在单位勤恳工作之外,还想尽一切办法挣钱,她甚至从网上进袖套、手套、耳罩之类的,去鼓楼街夜市摆地摊……

在泰兴这座小城房价暴涨之前,她终于攒够了一套三室一厅的首付。

"以后,再也不需要睡在别人家的房子里了。"穗子说,"公积金还房贷,工资维持一家的日常开销,赚的外快存起来……日子总归越来越好。"

前年春天,同事给穗子介绍了一个离异的男人,他有房子、有孩子,相处一段时间下来,彼此都挺喜欢对方,于是结婚了。

至今夫妻恩爱,家庭和睦。男人厚待老人,善待孩子。当然,穗子也以同样的热情对待这个来之不易的家,对待这平静如水却弥足珍贵的生活。

"苦日子过去了,只是我妈……没能看到我现在的样子……"穗子低着头说。

06
谁都想过好一生，谁都很难过好这一生。

一切无定数，半点不由人。

每个人的生活中都会有一段艰难的时光，只要回想起来，就是忍不住地伤心。庆幸的是，艰难的生活并没有将我们打倒，反而给了我们莫大的勇气和决心，让我们开始迈开笨拙又缓慢的步伐，砥砺前行，摸索着找到阳光的出口。

如果你度过了难熬的日子，现在的你可能会云淡风轻地说出一句"我很好！"

我们的生活，有艳阳高照，也有漫天寒意。但你要相信，雨雪总有停的时候，阳光总会出来。

宁当泼妇，不做怨妇

01

我家住在离学校不远的一栋老楼里，隔壁邻居把房子租给了一户人家。租户的女主人买了一台机器，在家里加工服装。她经常敞着门在机器上忙碌，我出门看到她时，总是微笑着点个头，算是打个招呼。

可是，有一次我下班回家，发现她把新购进的服装原材料堆到了我家门口，像一座小山似的。我心中略有不爽，回家跟我妈抱怨："招呼也不打，就把东西堆在我家门口，她家地方那么空，还有一个大阳台，为什么不放在家里？"

我妈劝我大度些，别跟她计较。

我想想也是，虽说放在我家门口不太美观，但不影响我开门。可是，每次进出，瞥见墙边有一大堆原材料，心里总是不舒服。更不爽的是，还在我家门口散落着好多废弃的边角料，还有一些生活垃圾。我妈看见一次，就拿扫帚去扫一次。

到了学校，我还把这事跟数学老师吐槽："你说怎么办？摊上这样的邻居。"

数学老师听我抱怨多了，便说："你直接跟邻居提出来，别把东西堆在你家门口。"

我想提呢！我在心里打了无数次草稿，要向邻居提出来，可又不好意思。你看，我就是这么厾，明明是别人不对，却开不了口。

后来，夏天来了，天气本就闷热，门口堆着一大堆东西，我看着心里更是堵得慌：邻居家里清清爽爽，把我家门口当作坊？

更令我忍无可忍的是，在孩子的午睡时间里，邻居的机器还在"嗡嗡嗡"地响。门开着，声音源源不断地传到我家，我儿子在床上翻来覆去睡不着。

这下我不忍了，我鼓起勇气，来到邻居家，明确告诉对方：第一，不要在休息时间开动机器，扰民；第二，麻烦把堆在我家门口的东西搬走，门口我要放鞋架。

女主人不乐意了，嘟囔着："放在你家门口，又不影响你进出。亏你还是个老师呢。"

一听这话，我立刻火了，跟她说："老师怎么了？老师也是普通人，也要吃饭过日子，也想要个舒服的居住环境。"

我还告诉她："上班期间开动机器，我不管。在午休和晚上休息时间，假如再开动机器，那我就报警，投诉你私自在家开作坊，严重扰民。"

事情的结果很圆满，当天晚上，我家门口的杂物就没了，门口清爽了，我的心情也舒爽了！而且在那之后，午休时间再也听不到机器响。

我知道她可能在心里骂我，但那又怎么样？

我不是不好说话，我向来与人为善，但我不能为了成全别人，而拼命委屈自己、委屈家人啊！

02

作为一个情感博主，我经常收到女性朋友的倾诉。说起来，全是婚姻里的委屈。

于是，我常常把这句话讲给她们：在婚姻里，宁当泼妇，不做怨妇。

面对不公和委屈，要学会自我保护，维护自身的利益，适当反击，别人才不会欺负你。

我有个读者告诉我关于她的故事。

她和老公谈了三年恋爱后结婚，在他们谈恋爱的时候，未来的公婆就说没能力给儿子买房子，让他们年轻人自己挣钱自己买。

姑娘向来温婉善良，不想一结婚就戴上啃老的帽子，再加上跟男友确实感情好，两个人便齐心协力一起攒房子的首付。

姑娘和男友各拿出自己的积蓄，姑娘的爸妈也掏了10万，终于贷款买了一套房子。

结婚之后，新房子拿到了，小两口拜托公婆帮忙在新房子里监督装修，可公婆说没空，一次都没露面，一分钱都没掏。姑娘只好让自己爸妈时不时地去看一下装修情况，自己也忙里偷闲地去新房看一下进度，总之劳心劳力。

新房装修好了，小两口搬家了。就在搬家的第二天，公婆不由分说也搬了进来。

姑娘忍了，她从小接受的教育，就是尊老爱幼，宽容大度。

她对婆婆好，吃的穿的用的，什么都给买。家里的开支都是小两口的，连买菜都问他们拿钱。

可是，住在同一屋檐下的公婆还是不肯消停，时不时地作妖，经常在儿子面前说媳妇的不是，颠倒黑白，还时常给他发关于媳妇不孝顺的文章或者视频，挑拨是非。

姑娘气得回家哭，她妈妈劝她忍一忍，退一步海阔天空。

姑娘又忍了，心里的委屈憋得像气球，越来越大。

夏天到了，小两口晚上开着空调睡觉，婆婆每天早上四五点，直接推门进他们的房间关空调。姑娘要把门反锁，可老公和稀泥："都是自家人，反锁门是什么意思？你让我妈怎么想？"

姑娘都快疯了，自己赚工资付电费，空调都不让开，这还是人过的日子吗？

03

最让姑娘忍受不了的事情来了！

经常，姑娘下班回家后，发现家里多了一两个不速之客，都是婆家的亲戚们，来城里住几天。

而姑娘事先根本不知道。

装修考究的新房子里，三天两头地住着这个表姐那个表叔，把家里搞得一团糟，吃的用的全是小两口的开销。

有时候，公婆回乡下了，家里的钥匙就到了亲戚的手上。

有一天，姑娘下班回家，钥匙开不了门，发现大门从里面给反锁了，还得拍门喊人开，婆婆阴着脸开了门。

姑娘憋着一肚子火进门，进卧室，换衣服，看见婚床上被子凌乱。毫无疑问，趁自己上班的时间，公婆或者亲戚睡到了她的婚床上。

再看餐厅，公婆和俩亲戚已经开吃开喝了，桌上一片狼藉。

姑娘辛辛苦苦上了一天班，累得要死，回家还看到这样糟心的画面。

姑娘忍无可忍，一下子爆发了！

她对亲戚说："请你现在就离开我家！再不离开，我就报警！"

亲戚见向来温顺的姑娘突然发火，只得闷声闷气地收拾东西。公婆面子上过不去了，拦住亲戚："你别走！"又质问姑娘为什么赶亲戚走：

"人家来城里办事，住几天怎么了？"

姑娘不知道哪里来的勇气，冲公婆吼道："是你家的亲戚，又不是我的亲戚，我根本不认识。你们要做好人，你们买房子去给亲戚住，想住多久住多久，我的房子不允许任何陌生人糟蹋！"

亲戚灰溜溜地走了。

婆婆火了，大骂姑娘："还你的房子？这房子是我儿子买的！"

姑娘冷笑道："去看看房产证上有没有我的名字，我的房子我做主！以后在家里，我愿意锁门就锁门，我愿意开空调就开空调，谁也管不着，我又不是不挣工资。那些一分钱没花的人，没资格指手画脚！"

婆婆被气个半死，撺掇儿子跟姑娘离婚："你怎么娶了个泼妇回来？"

姑娘一鼓作气："以后别发挑拨儿子和儿媳妇的文章和视频了，我都看到了，你儿子离婚了，你以为日子就好过了？"

"要离婚也行，反正这样的日子我也受够了。买房子多少钱，装修多少钱，该给我的，一分都别想少！否则，我就去法院起诉。大家都别想有好日子过！"姑娘发狠完，又狠狠地瞥了老公一眼，老公默不作声了。

打那以后，公婆对姑娘忌惮多了，家里再也没有出现乱七八糟的亲戚。

老公在背后还埋怨她："以后跟亲戚们该怎么相处？"

她笑了："我知道亲戚间传开了，说我是个泼妇。可那又怎样？传开了才好呢！省得来烦我，打扰我的清净日子。我又不靠这些亲戚过日子，相处好不好有什么用！"

是啊，人善被人欺。一味地忍让，换来的是自己无限的委屈，一辈子的窝囊。

你不还手，人家永远把你当病猫。

你若反击，顿时拨云见日，天朗气清。

04

我又想起了我的发小文慧。

从小到大，别人给文慧的评价就是俩字：泼辣！

小时候，我跟她同桌，坐在后桌的男生调皮，老是拉扯我们的长辫子。我只会委屈地哭，文慧"嗖"地站起来，跑到后桌，把他们的书本和铅笔全部扔地上。之后，男生再也不敢扯我们的辫子了。

大学毕业之后，我和她分在不同的学校教书，都是新人，难免会遭遇烦心事。

面对领导的安排不公，我只会唉声叹气，找她吐槽。

而她呢，在开学分班的时候，她的班里有好几个上学期的"三好学生"无缘无故被调到其他班，那个老教师以为她是新教师会忍气吞声，不敢造次。哪晓得，她拿着花名册直接闹到校长室要说法，得到校长的支持后，径直去隔壁班把孩子带了回来。从那以后，领导对她另眼相看，不正直的同事也不敢排挤她。

在很长一段时间里，我只会忍气吞声，相当郁闷。而她工作起来顺风顺水，通畅无比。

我身上缺少她的"泼妇"劲儿。

那些欺负你的人大多欺软怕硬。

他们就像弹簧，你弱，他就强；你强，他就弱。

05

人们常说，忍一忍，春暖花开，让一让，柳暗花明。

忍,是一种胸怀。让,是一种气度。

老祖宗也让我们宽以待人,遇事要忍让,要心地善良。这话是没错,生活中有很多事,没必要针锋相对,没必要你死我活。有时候,忍让和妥协确实是美德,放宽自己的心,避免冲突和摩擦,化解矛盾和疙瘩。

只是在生活中,有些人、有些事会逼近你的底线,打破你的原则,扰乱你的生活。这个时候,为了面子,为了息事宁人而一味地忍让,只会换来自己难受和委屈,甚至还会换来别人的得寸进尺,蹬鼻子上脸。

所以啊,我们自己要学会把握一个度,一个临界点,什么时候选择忍耐和谦让,什么时候选择拒绝和反击。

人生难得,总为他人而忍,生活也不舒心,我们能做的,就是做好自己,这才是最正确的。

愿每个人身上,都少些"怨气",多些"泼妇劲儿"!

努力的人，
运气都不会差

努力，是一个人最好的学历。
人品，是一个人最硬的实力。
努力生活的人，永远不会被生活辜负，终究能
活成让人尊敬和佩服的样子。

那些小善良，都是照亮生活的一缕缕光

01

之前有一段时间，周先生时不时地会收到短信提醒，说他在鼓楼中路有违章，让他尽快交罚款。

而在周先生处理完违章之后，过段时间又在同样的地点有同样的违章出现，还是同样的理由：机动车违反禁令标志指示。

周先生百思不得其解，按理说自己严守交规，怎么到了泰兴就屡次出现违章？

后来，周先生去交警大队办事，便借着问了此事。交警一解答，周先生这才恍然大悟。

我家住在鼓楼中路，而周先生经常把车停在路边等我下楼吃饭，总以为车上有人，没熄火就不算违停，谁曾想超过三分钟就记违章了。

说实话，我也一直以为车上有人就没关系的，再说就一会儿的事，我相信有不少人也这么以为。

再后来，周先生说，他每次回来看见楼下有人把车停在路边，车子没熄火，他都要敲敲人家的车窗，提醒车主超过三分钟就算违停，会被罚款的。这要是碰到脾气不好的车主，说不定会怪周先生多管闲事。

有一天晚上，我们从外吃饭回来，暮色中看到一辆车子刚好停在路边，周先生赶紧走上前去敲车窗："这里不让停车，要罚款的。"

对方说："我去对面烧烤摊买点肉串，很快就好，再说车上有人的。"

周先生很执着："不管有人没人，停车超过三分钟就要罚款。"

车主一听，忙不迭地启动车子，笑着朝周先生致谢："谢谢你啊，多亏你提醒。"

周先生也朝人家挥挥手，满脸得意，就像是做了件了不起的事似的。

"其实就是举手之劳，却与人方便，何乐而不为？"周先生说。

02

周五晚上，我和周先生去扬州看了一场张学友的演唱会，不愧是天王，演唱保持一流的水准，我是全程从头唱到尾。

两个多小时的演唱会结束了，我们随着汹涌的人流移动。

这才发现人头攒动，举步维艰，行走缓慢，而我已经是口干舌燥，心里像有一把火在燃烧似的，烧得嘴唇干巴，烧得喉咙冒烟。

"出去了就有卖水的了。"周先生安慰我道。

可是，什么时候才能出去呢？

我愁眉苦脸地抱怨："好渴……渴死了……"一遍又一遍，仿佛说了就不渴似的，其实越说越渴。

这时，旁边一个穿制服的安保人员也许听到了我的话，从他的裤兜里掏出一瓶矿泉水递给我，"拿着！给你喝！"

我大喜过望，都顾不上忸怩，不客气地接了过来，"谢谢你！真是太感谢了！"

他挥了挥自己手上的半瓶水，"我喝的这瓶，给你的那瓶还没开，放心吧！"说完，他就继续疏散人群去了。当时他在我心里的形象，简直就是大写加粗的帅。

这是真事，毫无虚构，令我非常感动。

我不知道他的姓名，就是一个普通人、陌生人，却带给另一个普通人、陌生人一丝温暖，一丝善意。

我跟周先生说："世上还是好人多。好心人一定会有好报的。"

03

有一天，我带小鸟儿去逛街，去了熟识的童装店给他买夏装。

天气炎热，小鸟儿拿着一瓶饮料在喝。等到饮料喝完了，他要跑去外面把饮料瓶扔到路边垃圾箱里，却被店员小姐姐喊住了："给我吧。"

她拿过那个空的饮料瓶，扔在脚下的一个塑料袋里，我一看，里面有十几个空的饮料瓶。

我以为她要拿去当废品卖，当时心里在想：这小姑娘还挺会过日子，晓得收集空瓶子，积少成多，现在这样的小姑娘可真是不多了。

可是过了一会儿，小姑娘无意中看了下店外，仿佛发现了什么，连忙抓起脚下的塑料袋冲了出去。我觉得奇怪，跟着朝外看去，只见外面垃圾箱边站着一个弓腰驼背、穿着破旧衣衫的老奶奶，小姑娘把袋子里的塑料瓶全部倒进老奶奶的编织袋里，然后笑着回来了。

那一瞬间，我仿佛明白了，又问起小姑娘这是怎么回事。

小姑娘笑着说，她以前经常看到这个老奶奶在店门口的垃圾箱里翻饮料瓶，她年纪那么大，做这种脏活累活，可见也不是个富裕悠闲的老人。

小姑娘给过老奶奶几次钱，后来老奶奶就不肯要了。再后来，小姑娘想，反正老奶奶是捡瓶子的，她店里人来人往，饮料瓶子不少，于是她就想着帮老奶奶收集起来，看到老奶奶来了，便一起给她。

"省得她在垃圾堆里翻。"小姑娘笑着说，眼睛笑出了两弯月牙。

我在这家店里买了几年的衣服了，认识这个姑娘时间不算短，但是那一刻，是我觉得她最漂亮的时候，我看到她身上有光。

04

一天下午，我和小鸟儿在楼下的巷子里打羽毛球。

巷子是个丁字路口，比较窄，难得有汽车通过。可碰巧，真有一辆汽车从北边缓缓而来，我和小鸟儿连忙让到路边，让汽车通行。

这时，巷子南边却来了一辆三轮车，三轮车上满是收购来的废家电，蹬三轮的是个老伯，正埋着头费力地蹬着。

等他发现前面有汽车的时候，他赶紧停下来，下了车，打算推着车后退让路。

谁曾想，从汽车的车窗口探出一张妇女的脸，一张浓妆艳抹的脸，她冲着老伯说出的话，让人觉得如春风拂面："你别动！我往后倒车，让你先走！"

老伯说："没事没事，我让你。"

妇女不乐意了："你车子上东西那么重，你先走。我又不费事，一脚油门的事。"

果然，汽车缓缓地倒车，三轮车缓缓地前行。

初夏的阳光洒在这个小巷，一切和谐而美好。

我拉着小鸟儿的手，他也不由自主地捏捏我的手，我心里明白，这些美好，小鸟儿看到了，也感受到了，他懂。

05

我们不是孤立的个体，在生活中，每时每刻都与身边的人、事、草木、环境产生千丝万缕的或偶然或必然的联系。

我始终认为，善，是人性中所蕴藏的一种最柔软也是最有力量的情怀。这些看得见的小善良，让自己活得快乐，也让身边的人活得无忧。

什么是小善良？小善良就是给违章的司机一个善意的提醒；就是给

陌生的姑娘一瓶饮料；就是给拾荒的老人几个空瓶子；就是给收废品的路人让路。

小善良就是我家楼下的阿婆，见我家的衣服被风吹到她家阳台，主动把衣服收好并送上来。

小善良就是看到路边有乞讨的老人，悄悄送他几个零钱，给他买点食物。

小善良就是骑车时发现前车的后座上掉东西了，自己停下捡起来，追上前车还给他。

小善良就是在下班的路上，看到路边有老人卖自己种的几根黄瓜、青菜时不还价，甚至包圆了。

小善良就是朋友圈里见到大病众筹的链接，点击进去捐了款，并不加自夸的成分再次转发朋友圈……

这些，都是浮游在我们生活里的小善良，像小小的花朵，花虽不起眼，但香味却足以绕过花墙，越过篱笆，随风钻进每个人的心里，甜丝丝的，让人感到那么惬意温存……

这些都是洋溢在我们周围的小善良，琐碎而平常，世俗而简单，我们只需付出那么一点点举手之劳，恪守那么一点点人生底线，容忍那么一点点小过错，保持那么一点点廉耻之心，秉承那么一点点传统。

许多小善，举目可见，宛如寒冬里的阳光，把我们的内心照亮，让我们对温暖的春天保持信仰和力量。

古人说："勿以善小而不为，勿以恶小而为之。"小善是一种爱的传递，是一个人内心世界的涟漪。这些小善是一种日积月累形成的习惯，如同台阶，一步一步把做人的美德送往高处。

无论何年何月，善良永不过期；无论何时何地，好心永远有好报。

善良再小，也是一缕阳光，照亮别人，也温暖自己。

到了这个年纪,真的不想委屈自己

01

暑假的大部分时间,我都是窝在家里写文章,外面那么热,我实在不愿意出门。

饭呢,好解决,电饭锅里淘点米,煮点白米粥,锅上蒸俩红薯,简单,不耽误工夫。

写饿了的时候,米粥也差不多好了,我盛了一碗粥,从冰箱里取出一个咸鸭蛋。照例是只吃蛋黄的,蛋黄多好吃呀!腌出的油流得到处都是,口感沙沙的。凡是蛋黄出油的咸鸭蛋,蛋白必定咸得要死,齁得慌,我是不爱吃的,相信很多人都不爱吃。

虽然不爱吃,但是以前我是舍不得把蛋白扔掉的,再怎么难吃也要吃下去,生怕浪费了。

我总是小心地将鸭蛋圆滑的一头轻轻磕几下,剥去蛋壳,先吃蛋白,用筷子小心地一点一点地夹着吃,尽量不碰到蛋黄。每吃一点蛋白,就喝一口粥。直到蛋白快吃见底了,蛋壳里竖着一颗油亮的蛋黄,好诱人啊!仿佛只要用筷子轻轻戳一下,那油便迫不及待地冒了出来。这时候,我把整个蛋黄全挖出来,放入口中,细细地享受着这美味。

窃以为,这是对"苦尽甘来"的另一种生活化的诠释吧。

而现在呢,我是磕开蛋壳,直接把蛋黄挖了吃了,余下的蛋白连同蛋壳一起扔了。吃着蛋黄喝着粥，简直不要太爽！

吃饱喝足，我想起了自己对待蛋白的前后变化，便发了朋友圈，问大伙儿："这说明什么问题？"

朋友们纷纷留言，绝大多数回复是："鸟老师土豪了，任性了！""鸟老师有钱了，生活质量提高了，富裕了。"

看到这些话，我偷偷地笑了，大伙儿也太看得起我了，谁有钱喝粥吃咸鸭蛋啊？

这时，一个新回复跳了出来，她说："怎么开心就怎么来，做情绪的主人。自己喜欢、自己开心就好，不再委屈自己。"

好一个"不再委屈自己"！这正是我的本意！

只不过一个咸鸭蛋而已，吃得起，也扔得起，我何苦跟一个蛋白较劲，勉强自己必须吃下去？吃蛋白的过程并不愉快，我只感受到那令人抗拒的咸，和那份"不浪费"的自我安慰。

既然不喜欢吃，那就不吃了。到了这个年纪，我才不愿意委屈自己。

02

有人也许要笑鸟老师，区区一个咸鸭蛋，也大费文笔写篇文章。

其实啊，我也是吃饱了饭闲得没事干，突然有感而发，想说几句心里话。

我不是没委屈过。

正因为我知道什么叫委屈，我才想告诉大家能不委屈自己尽量别委屈自己。

数年之前，我和末末一起逛街，逛到一家金店，我看中了一个金镯子，戴在手腕上就舍不得摘下来。不要说我虚荣，女人嘛，喜欢首饰是人之常情。况且我平日里一向不爱穿金戴银，可不知怎么的，那天我对那只沉甸甸的金手镯情有独钟，爱不释手。

末末也说戴在我手上好看，撺掇我买下来。可我一看价格，两万块。当时我就犹豫了。两万块，我有，我买得起，甚至包中卡里的余额够我买好几只这样的手镯。但是我舍不得，我把生活往坏处想了，万一有个大病大痛，这笔钱还能用得上。没病没痛的话，我再攒攒，说不定还能凑首付买一套房，或者买辆车。而手镯戴在手上不能吃不能用，还耽误干家务。

对，我就是这么劝自己的。最终，我摘下了手镯，交还给了营业员，故作轻松地离开了。

那天晚上，包括以后的几天里，我一直对那只手镯念念不忘，真的是百爪挠心。说出来不怕人笑话，我甚至在某天下班后一个人又跑去金店看手镯了。

有那么一刻，我都想掏出包里的卡去刷了，不就是两万块吗？我又不是买不起。

但是，我控制住了自己的冲动，还是没有买，走出金店时，我真的委屈到想哭。

后来，我跟末末说起了这事，我说，到了我这个年纪，还在为一个镯子纠结，被两万块钱束缚住了手脚，不能随心所欲，不能由着性子，畏首畏尾，我真是活得很失败啊！

已经过去几年了，我还时常想起这件事，隔着几千个日日夜夜回头望，我还是会黯然神伤。其实，就算没有买镯子，我现在的日子也没有富到流油的地步。反过来想，假如当时把镯子买下来，我的日子也不会因此变得更差。

如果一个镯子能点亮自己的眼睛，让自己的心情变得愉悦，让生活变得鲜亮起来，何乐而不为呢？为什么委屈自己？

这个道理我也是到现在才明白。

可惜，现在的镯子在我眼里已经失了颜色，我已经不感兴趣，没了渴望，就算买再多的镯子也弥补不了当时的委屈。

03

说到"不委屈自己"这个话题，我想起了我的表姐卉卉。

卉卉肤白貌美，人很温柔，说话和声和气的，从小到大都是乖乖女，人生也是顺风顺水。大学毕业后，我大姨和大姨父舍不得宝贝女儿在外地打拼，早早地动用关系给表姐找了一份清闲的差事。

表姐本不愿意回来，二十年前有本科学历还是相当厉害的，她学的专业又好，她想留在苏南发展。可是拗不过父母的强硬的态度和哀怨的祈求。

父母的期盼不能辜负，于是表姐就听话地回来上班了。

那时候我还在泰兴师范上学，常常趁着双休日遛去表姐的单位玩，那个时候她的办公桌上就已经有了电脑，我在电脑上玩纸牌。

表姐却经常跟我抱怨，说她工作一点都不开心。每天到单位看看报纸，喝喝茶水，有工作就干一会儿，没工作就闲聊，每天的工作流程都是一样的，没有新意，部门里那些快退休的同事们和她做的是一样的工作，她说她一眼就能看到她要退休的样子……她每天都在忍，感觉自己过得憋屈极了。

当时我不是特别理解，我还在想：多好的单位啊，事情少，工资多，福利待遇又不错……表姐苦笑着对我说："你不懂。"

后来，一向乖巧的表姐悄悄地辞了职，义无反顾地去了苏州。我大姨和大姨父成天在家唉声叹气，我妈还时不时地去她家劝他们放宽心，年轻人都有年轻人的想法。

表姐在苏州跟她的同学一起开了一家会计事务所。起步艰难,但是后来慢慢发展起来了,现在做得风生水起。

表姐在苏州立了业,成了家,生了个女儿,事业红火,家庭美满,把我大姨大姨父也接过去了。

每次春节期间,我看到表姐总是容光焕发,是一副由内而外被滋养的模样。跟记忆中那个唉声叹气、苦着脸的表姐判若两人。我心想:假如表姐不辞职,一直待在那个单位,物质生活应该也不差,但一辈子委屈了自己的心性,外表光鲜,内心荒芜一片。

而表姐现在做着自己喜欢做的事,这才是真正的生活态度。

04

经常有读者找我倾诉:

"鸟老师,我那个朋友情商不高,不会说话,还经常在钱上占我的便宜,你说我该怎么办?"

"单位的老员工老是指派我做这个做那个,明明不是我的工作范围,又不好意思拒绝,你说我该怎么办?"

"鸟老师,我的一个同事老是蹭我的车,为了去接她上班,我不得不提前五分钟出门,唉……"

"我男友像个孩子一样,平时都是我照顾他,我已经成了他的'妈',每次吵架,都是我去找他,想分手又舍不得,毕竟谈了两年了……"

"我老公就知道吃喝玩乐,还经常家暴,爸妈让我为了孩子,能忍就忍,你说我该怎么办?"

怎么办?怎么办?怎么办?

无数个小委屈，累积起来就是大委屈，你还能再忍得下去吗？就算忍了，那也一定元气大伤。

亲爱的，不要再委屈自己了。

一个朋友，一个同事，一份工作，一个伴侣，一段关系，一场婚姻，假如需要你吞下委屈才能维持，为什么不放过自己呢？别为了那些不属于你的观众，去演绎不擅长的人生。

要学会爱自己，遵从内心去做自己喜欢的事情，不委曲求全，不刻意讨好，不患得患失，有自己的原则和底线，不为难别人，也不为难自己。

人生苦短，别太委屈，多给自己发糖。

想做什么就去做，不想做什么就不做，想得到的就去争取，不喜欢的那就放弃。少看别人脸色，多照顾自己的心情。

我现在对自己好的方式就是，按照自己的心意来生活，做自己喜欢的事情。

所谓不委屈，就是对自己好点。

努力的女人，到底有多酷

01

我跟她打小便认识。

她个子跟我差不多高，精瘦精瘦的，头发留得很短，要不是因为穿着花裙子，猛地一看，她像个男生。

她的性格的确像男生，上树抓鸟，下河捞虾，泥里扒山芋，河塘挖蟛蜞，全不在话下。

我至今仍记得我站在一棵高大的桑葚树下，眼馋地朝黑红的果子张望，她却双手抱着不算细的树干，哧溜哧溜，一直爬到树梢，连枝带叶折断几根扔下来。

我接过树枝，摘下桑葚，忙不迭地往嘴里塞。在我眼里，她简直就是女英雄一样的存在。

但是，她妈妈却不这么想，经常在门口大嗓门地斥责她："有点女孩子样儿吗？调皮捣蛋头一个，你要是像她一样成绩好，那就好了。"

她妈妈觉得她学习不如我，但我觉得，除了学习，她处处比我强。

她会用彩色的挂历纸给小猫做裙子；她会用塑料绳编各种手环、项链；她会用麦秆给蛐蛐儿做笼子，简直是巧夺天工。

小伙伴们在野炊的时候，也是她忙着堆简易灶台，炒土豆丝，打鸡蛋汤。

假如这些都是考试科目的话,她绝对名列前茅。

02

不知道你们信不信,有一种人,可能天生就不适合念书解题吧。

她那么古灵精怪的一个人,却在学习上一直没什么起色。

常常,我做完作业去找她玩,看见她还埋在作业堆里冥思苦想,面对眼前的题目手足无措,完全不是平日机灵的模样。

有时,她也愁眉苦脸地问我:"你说,我怎么就学不进去呢?"我无言以对。

再后来,她参加中考了,就像进行了一场轰轰烈烈的战役。战争结束后,有人哭有人笑。毫无悬念,她考了低分,连本镇的高中的最低录取线都达不到。

她倒是看得开,对我说:"我本来就学不进去,本来看见书本就头疼,现在总算有理由不去上学啦!"

对于她的落榜,她的爸妈自然是失望的,但是事已至此,只能面对现实。

她的家境优渥,爸妈虽然是农民,但头脑灵活,他们率先在镇上开起了饭店,她大哥做厨师。店里的包厢,每天都有满满的客人,挣钱不少,是镇上少有的富户。

既然她现在不上学了,她爸妈就理所当然地让她在饭店当服务员,每天把客人迎来送往,在包厢间穿梭,端茶递水,手脚麻利。

她爸妈自然不缺她的零花钱,她吃家里的,用家里的,年底还给她一张数目不小的存折。

我挺羡慕她。

她却告诉我，她不想再在家里端盘子了。"我不能一辈子靠父母的饭店，将来还要在哥嫂手下讨生活。"

说这话时，她才不过十六七岁，有这番远见和主意，让我很惊异。

03

她真的不在家里端盘子了，铁了心地要学一门养活自己的手艺。她联系了一个同样没考上高中的女同学，得知她在苏南某个服装厂学裁缝，便收拾行李投奔她去了。

她和女工们一起住在一间屋子里，每天工作十几个小时，吃得差，睡得少，她却一点不在乎。从锁纽扣眼开始入门，她本就是心灵手巧之人，自然学得很快。

只是，几个月之后，她妈妈去苏南看她，一看她住的地方、吃的饭，当时眼泪就下来了。自家姑娘哪受过这种罪，说什么都要把她带回家。

她劝说她妈，无果。只得收拾东西跟她妈回来了。

回家还能干什么呢？继续在自家饭店端盘子。可她的心思依然是活泛的，知道端盘子不是长久之计，她得另谋出路。

突然有一天，她得知城里有家美容院刚刚开业，招聘学徒，她立马动了心，抽了个空，骑着自行车去那家美容院看了看，当即决定留下来当学徒。

那时，美容院还是个新兴行业，整个泰兴城区不过有两家而已。而她所在的这家美容院刚开始做，前途未卜，不知道能不能在市场上站稳脚跟。

美容院开在一个巷子里，店面不大，楼上楼下才两间屋子而已，店里就老板和她。老板本身就是医生，在美容美型方面很有研究。

既然当学徒，重点就在一个"学"字上。

这时候，她展现出了一个优秀学徒的所有品质，不怕苦，不怕累，一心一意，勤勤恳恳。每天早上第一个到店，晚上最后一个离店。打扫卫生，收拾整理，连白毛巾上的一点点斑渍都不放过，一定要重新洗一遍。

就算之后店开大了，她当了店长，依然每天如此，一直坚持了八年。

04

老板见她勤勉懂事，也舍得教她，把一些美容的手法和技巧传授给她。

说来也奇怪，她上学时学不进去东西，但在美容方面的领悟力极高，一教就记住了，自己还不断地琢磨。

有一天晚上，她来我家找我，当时我躺在床上看书，她让我别起来，"刚好，让我练练手。"然后就在我脸上这里挤挤，那里按按，问我力道大了还是小了，舒服不舒服。

她告诉我，刚开始顾客都是冲老板的手艺来的，不愿意让她做，因为她是新人。于是，老板给顾客做脸的时候，她就站在一旁观摩，在心里熟记老板的手法。

等到顾客做好了，躺着休息的时候，她主动提出给顾客增加额外的按摩，让顾客体验一下她的手法，虚心地请顾客帮着指导。

一来二去，顾客就接受她了，下一次来的时候，有些顾客会点名要她做脸。

再后来，店里员工多了，绝大多数顾客提前预约时，会主动问老板："她有没有空？我只认她的手艺。"

说实话，老板也有私心，在针灸减肥上，老板不怎么教她，只说了个大概，教得不彻底。

等到老板给客人做针灸的时候，她还是站在旁边，默默地看，默默地记住穴位。等下了班，人都走了，她一个人在店里，拿起针，往自己身上扎……

后来有一次，老板去南京办事，有做针灸减肥的客人来了，见老板不在，转身要走。她跟客人商量，能不能让她试试。

客人见她诚恳，便同意了。哪晓得，那次针灸之后，客人说她做得比老板还好，穴位扎得又准又不疼，减肥的效果还好。

以后客人再来，就放心地让她做针灸了。

05

她告诉我，在学徒期间的工资并不高，她也没存下钱，因为她经常自费去南京、上海学习，报名参加一个个培训，考下了一个个专业证书。

我仍记得她每考下一个证，都会欣喜地拿给我看，还不忘揶揄自己："当初上学的时候，我有这么认真就好了。"

我告诉她，这个世界上，并不是只有读书这条路是康庄大道，只要努力，到哪里都能获得成功。

当时我就感觉，她早晚会做出自己的事业。

她不怕吃苦，也不怕吃亏。

她一直简简直直努力地练习手法，认为付出终会有回报。

时间长了，顾客自然认可了她的手艺，而她，手艺也学到了，口碑也赚到了，招牌也竖起来了。

在那家美容院，来来往往的女性顾客见她勤快、懂事、实诚，接触了这么多年,人品有保证,这些顾客便争相介绍优秀的小伙子给她。

还真的成了!

一个各方面条件都不错的小伙子欣赏她,追求她,后来两个人结了婚,幸福美满至今。

06

刚才剧透了,她在美容院干了整整八年,做到店长的位置,工资也涨了不少,一年到头都没得休息。虽是元老级的员工,却一直谦虚谨慎,对老板恭敬,对其他美容师友善。客人们来了还是习惯性地叫她服务。

后来,在家人的支持下,她决定辞职,自己开家美容院。

她告诉我,虽说在老板那里积累了一定的人脉,但是,她没有怂恿老东家的顾客来自己的新店,一个都没有。

她跑遍小城,选定店面、装修、招人,熟门熟路,一气呵成。

她爸妈替她担心:投资了这么多钱,能不能收回成本?

她却自信满满,相信自己能做好,能在竞争激烈的美容行业里拼出自己的一席之地。

果然如此,短短几年,她的美容院经营得风生水起,请了好几个美容师。一个月就能挣到我一年的工资。

她说,教学徒,她是倾囊相授,"人家是来学手艺的,我得尽心尽力地教会,将来人家要靠这个吃饭的。再说了,客人认可她们,对于我的美容院来说,是好事。"

那时候,我已经在城区一家小学上班了,放学后,我常常绕到她的店里找她聊天,她却没什么空,要么自己在给客人做脸,要么在指导员工。

眼前的她，衣着时尚，谈吐从容，笑容大方，看她专心致志地给员工讲解的样子，眼神里全是光。

07

她热爱自己从事的行业，通过自己的努力，让家庭和事业平衡并双丰收，她很有成就感和幸福感，这也算是一种成功吧。

像她这样努力生活的人，永远不会被生活辜负。

我写她，并不是说"学历无用""上学无用"。

而事实上，高学历的人也有趋于平庸的，没学历的人也有奋斗出新天地的，最重要的是看自己的努力。

努力，才是一个人最好的学历。

人品，才是一个人最硬的实力。

我们经常听到一句话：越努力，越幸运。其实，哪有什么幸运儿，那些所谓幸运的人，只是从来没有想过放弃自己，从来都是要努力成为一个优秀的人。

别高估考试，别低估自己。

不上学，不等于不学习，谁也阻挡不了你成为一个优秀的人的决心和追求梦想的步伐。

不读书，不代表没出路。

努力生活的人，永远不会被生活辜负，他们会活成让我们尊敬和佩服的样子。

那个当年没考上高中的女生，后来也能过得很好。

她，就是我的堂妹。

我不漂亮，那又怎样

01

先讲一个笑话。

一个周六的傍晚，小安问我有没有吃饭。我说没呢，准备在家随便吃点。

她连忙说她有个饭局，是别人答谢她的，怕一个人尴尬，要我跟她一起出场，就说我是小安的表姐。

对于我这个哪里有好吃的就往哪里奔的吃货来说，我当时迟疑了0.01秒，然后果断说"好"！

到了饭店包厢，一桌人坐下了，有男有女，除了小安，其他人我都不认识。

席间，不知为何，突然有人提起我的名字，说我写的文章还蛮好玩的，我心中窃喜，手里的大虾也不忙着剥了，专心盯着那人，听他怎么夸我。

那人继续说："就是不知道真人是什么样子。"

旁边立刻有个女的接话："我见过，在小学门口接孩子的时候看到的，她送学生出校门。哎，也就那样，她长得一般，不怎么漂亮。"

当时我就愣住了，仿佛一盆冷水从头浇到脚后跟，内心拔凉拔凉的。

我向来知道自己不是个漂亮的人，但是别人当我面这么说，我还是蒙了，大河上下，顿失滔滔。

小安见状，估计是想站起来隆重介绍我，被我一把拉住了，本来只有我一个人尴尬，要是让人家知道他们嘴里"不怎么漂亮"的鸟老师就在桌上，那大家该多尴尬啊！

后来这话题被小安岔开了，但我内心还是略不爽啊。

亲爱的朋友们，你们能理解我当时欲哭无泪、拼命压抑的小心情吗？

02

没错，我就是那个长得不怎么漂亮的姑娘。

了解我的朋友们都知道我最怕什么。对！我怕拍照，也怕别人问我要照片。

因为我对自己的容貌很不自信，甚至有些自卑。

我们自媒体群里的许大V，以前只要我冒泡就问我要照片，我都说我手机里没有，是真没有！因为觉得自己不好看，我几乎很少自拍。

许大V说："那你现在拍！"

我说："不拍，拍了也不给，你想知道我长什么样子，无非是因为我写了几篇文章，你不会因为觉得鸡蛋好吃，就想去认识那只下蛋的鸡，对吧？"

许大V是真的生气了，认为我不给面子。

实在没办法了，我只得如实相告："我不发照片不是因为高冷，也不是为了故作神秘，主要是因为不漂亮。我要是长得好看，我早就把照片到处发了，告诉大家鸟老师除了锦绣文章，还是颜值担当……"

许大V瞬间原谅了我，估计也怕失望，以后再也没提照片这茬。

无独有偶，另一个大号"图说兴化"转载了几篇我的文章。有一次，图说哥诚恳地要求我发张照片给他，他要把我的照片放在文末作者简介里，因为兴化的粉丝们都想知道鸟老师长什么样。

我很是抗拒，接着忸怩了一会儿，半推半就地答应了。

我们学校美女如云，比如唐晶老师，随手一张自拍都能当桌面、当屏保，可我自己拍照时会觉得很为难——反复找角度，凹造型，好不容易拍到一张稍微顺眼的照片，还得用美图秀秀，又是柔光又是修图。最后，我盯着那张不像自己的美照，觉得有欺骗大众的嫌疑，良心上过不去。

后来，我只得鼓起勇气对图说哥说："不好意思，我真的不能给你照片。"

03

是啊，我就是那个从小到大都灰头土脸长得不怎么好看，扔到人群里不会被别人注意到的姑娘。

而且，在很长一段时间里，我没意识到"漂亮"对于一个姑娘来说是挺重要的一件事。

上大学的时候，有一次学校大合唱比赛，需要一个指挥，音乐老师重点指导了我和王同学，在我们之间难以取舍，然后她问全班同学："你们觉得谁指挥比较好？"大家异口同声地说了王同学。于是我灰溜溜地被淘汰了。

后来有个大专班的男生追我，他长得仪表堂堂，写得一手好文章。但是我从小到大因为不漂亮而导致的不自信，已经在我心里生了根。我那时在想：我又不漂亮，他到底喜欢我什么呢？大概他也是个羞涩的人，来我们班找了我几次，而我站在他面前含糊其辞，后来就不了了之了。

我也有过喜欢的男生，比我高一届，只是暗恋而已，羞于启齿，掩于岁月，直到他比我先毕业离开学校，我都不敢表白。

当然，现在的我早已明白，并不是长得漂亮才会有人追、有人喜欢，灰姑娘也拥有一份属于自己的"被喜欢"，可惜那时的我不懂这个道理。

毕业之后，我和同一届的几个同学一起分在了一所乡镇小学。有一次在办公室，一个年长的女教师对我们几个新教师评头论足，说了小耿青春靓丽，夸了燕子的皮肤白皙，赞了小敏的大长腿和双眼皮……总之说到最后，都没说到我，仿佛我不存在。

学校要举行庆祝三八妇女节的文艺活动，领导找到我，要我写主持稿并主持节目。当时我就表示，写主持稿可以，但我不主持。学校漂亮姑娘多的是，而我相对逊色，上台的话会对不起观众，我还推荐了我心目中适合主持的姑娘。而领导沉思片刻，也同意了我的建议。

人啊，有时候诚实得就是这么可怕。

04

就算我是那个长得不怎么漂亮的姑娘，那又怎样？

随着年岁的增长，我越来越明白，我们生活中绝大多数的女孩子，都不过是长相一般的普通人，放在人群里就看不见了。虽说没本事靠脸吃饭，但也不至于到别人看到脸就敬而远之的地步。

那些靠脸蛋吃饭的姑娘，只是得到上天奖赏的少数人，而不够漂亮的我，只是若干平凡人中的一员。

因为不漂亮，所以我从小就懂得好好学习、天天向上，用优异的成绩来弥补外貌上的不足，也成为邻居嘴里的"别人家的孩子"，我成绩好不是因为我聪明，而是因为我足够努力。

因为不漂亮，所以我从小到大不会撒娇。很早我就知道，撒娇是美女们的专利，而我是没有资格的。小时候，若想要什么东西，我会拼命忍着，得不到也就算了。长大了，若喜欢什么东西，我会用自己的能力争取，哪怕噙着眼泪。

因为不漂亮，所以我不娇气，不耍小脾气，不会有优越感。我拥有亲和温润的性格，正是因为这样的原因，我收获了不少朋友。

因为不漂亮，所以我不愿意去麻烦别人。朋友们都说我足够坚强独立，文能写文章，武能修马桶，上能换灯泡，下能通下水道。

因为不漂亮，所以敢于自黑自嘲，跟好朋友们聚会时，没有美女们的形象包袱，可以很二，可以逗哏，是饭桌上的段子手，是朋友们的开心果。

因为不漂亮，所以我特别喜欢读书，不是说"腹有诗书气自华""书中自有颜如玉"吗？大概希望自己通过阅读提升一点点气质吧。除了阅读，我还写字、画画、跑步、下厨，不断认识新的人，不断接触更多的新东西，发自内心地感受到自己的成长和变化……

因为不漂亮，所以不相信所谓的好运气。很多时候，更愿意通过自己的努力、勤奋和自律获得自己想要的东西。

因为不漂亮，所以我相信爱上我的人绝对不是因为我的外貌，而是被我的内在所吸引。这样两个人在一起，三观会比较一致，也能走得长远。

因为不漂亮，所以我会努力让自己活得漂亮……

05

没错，我就是那个长得不怎么漂亮的姑娘，不过那又怎样？

人活着，也不是为了一张皮囊，世界上总有比皮囊重要得多的东西，比如认真工作，比如努力生活，比如善待他人，比如珍惜当下。

我很庆幸自己没有因为不漂亮而辜负时光，而是朝着自己想要去的地方狂奔。这一路走来，虽然跌跌撞撞，磕磕绊绊，但竟然也收获了充足、丰盈和美丽。

这种由内而外的自信，让我有时候走在路上，看着商店的玻璃门上自己的虚影，竟觉得也没有印象中的那么不好看了。

漂亮的人，自然有漂亮的活法。不漂亮的人，也可以活得坦荡自在，叫人羡慕。生活还算安稳幸福，工作上没有出现什么让我为难的事，我身边的朋友越来越多，他们对我不错，愿意给我善意和耐心，也会给我赞美和肯定。这些让我越来越相信，虽然我是那个长得不怎么漂亮的姑娘，但我也是个值得人认识并喜欢的人。

只要现在开始，一切都不算太迟

01

我曾说过，我有一段减肥失败的经历。

许多年前初夏的一天，我看到同事霞儿老师，原本略显浑圆的身材清瘦了许多，立刻惊呼道："瘦了多少？怎么瘦的？"

霞儿得意地笑笑，神秘地伸出一巴掌，说："瘦了五斤。"我当即在心中盘算着猪肉摊上的五斤肉是多大的一块，要是放在人身上一平均，整个人该是减掉了多厚的一层肉啊。

这么一遐想，再捏了捏自己腰间的肥肉，更是对霞儿羡慕不已。

旁边的章老师补充道："霞儿每天早上送完上初中的儿子，就来学校操场跑步，放学以后还要再跑20圈，并且坚持过午不食，要不然怎么能瘦得这么明显？"

我盯着霞儿纤细的腰身，修长的大腿，枣核般的尖下巴，简直佩服得五体投地，又问道："你是从什么时候开始减肥的？"

霞儿掐指一算，"差不多一个月前吧……笨蛋，我当时喊你一起减肥的啊！"

她这么一提醒，我果然想起来了，霞儿曾喊我一起跑步，互相监督，说是两个人一起减肥才有动力。可我当时没放在心上，或是觉得自己一大早爬不起来，或是觉得这事不急，等我做好准备之后再去实施，或是自己懒散且嘴馋……总之就是没能跟霞儿一起健身、少食。

看着眼前的霞儿越发匀称的身材，再看看自己微微凸起的肚子，我心中哀叹：要是一个月前我和霞儿一起减肥就好了，说不定现在也能掉几斤肉……

02

其实我不是不想减肥，我比谁都想，尤其到了春天，我总叫嚣着要减肥，可实际上，行动甚少，效果甚微。

霞儿老师本身并不胖，经过一段时间的锻炼之后，身上的肉更加紧实了，线条也出来了。

原来，瘦身跟世上很多事情一样，只要开始，只要坚持，便会有收获。

霞儿的瘦身成功案例给了我警醒：为什么别人能行，而我不行？

为这事，我后来细细地思考了一番，深深地检讨了一下自己。每天早上，当霞儿老师在学校操场上跟其他健身的老师一起慢跑，一圈又一圈时，我是赖在床上，能多躺一分钟就多躺一分钟。

当霞儿老师抑制住对美食的欲望，严格控制自己饮食的时候，而我呢，空有一颗减肥的心，奈何有一个吃货的胃，一直纵容着自己的嘴。我的心里总想着，这么好吃的东西不吃，一定会天打雷劈的，吃完这顿再减也不迟。

别人减肥靠锻炼，我的减肥靠意念。

就这样日复一日，别人的体重在锻炼中慢慢减轻，而我的体重在迟疑中停滞不前——甚至还有越来越胖的危险。

三毛说："等待和犹豫是这个世界上最无情的杀手。"

不只是我自己，我经常听到身边好友的抱怨："要是以前开始学

（做）就好了，现在说什么都晚了，还是算了吧……""想学画画，想考个学历，但是现在年龄都这么大了，就不好意思再学了……"

我们总是在等一个最合适的时机去做想做的事情，然后又一直在犹豫做这事还来不来得及，所以就在犹豫中错失良机。其实，没有什么所谓的"最合适的时机"，如果一定要说有的话，那就是"现在"！

只要现在开始，一切都不算太迟！

03

我有一个朋友，他非常喜欢听民谣，心心念念地想学吉他。他告诉我，他的这个念头从大学时就有了，一直没能学得了。

他曾向我咨询哪里学吉他比较好，我便把他推荐到我儿子学吉他的音乐教室去了，教吉他的张老师也是我的朋友，价格上也优惠不少。

我以为我这个朋友终于能够实现自己的愿望了，心里很是为他高兴。可是有一天，张老师却在微信上委婉地告诉我，我那朋友去了两次就不去了。

我连忙问我朋友怎么不去了。他告诉我："太难了，看到五线谱就头疼，简直比高等数学还难。"

他说："学乐器这种东西，要从小开始培养，培养乐感和天赋。我和别人相比，开始得太晚，连基础都不会，干脆就不去了，还是让我未来的孩子帮我完成这个心愿吧！"

他还抱怨，要是在大学的时候开始学吉他就好了，那时候空余时间比较多，也有良好的学习环境。而现在每天上下班，好不容易有个双休日，就想好好放松，聚会、喝酒、唱K，哪有时间和精力去学吉他？

我默默无语，也没有劝说，我想他是真的放弃了，一个决心要放弃的人，是没有任何办法可以挽救的。

其实，我知道这个朋友很聪明，乐感很强，可他有了开始，却不懂得坚持。把自己的放弃归结为"开始得太迟，学习得太累，结束得太早"。哪有什么太迟啊？年轻和激情是一种态度，与年龄没有关系，只要有方向，什么时候开始都不晚，人的潜能是可以挖掘的。当你说太晚了的时候，一定要谨慎，这可能是你退缩的借口。你说你没时间，这也许是你坦然地安于现状的借口。

你有时间刷微博，有时间聊微信，有时间追电视剧，但是却没有时间改变自己。只能说，没有人能阻止你向前，除了你自己。

04

我又想起了我爸，我给我爸买了一部智能手机，开始时，我爸是拒绝的，他不好意思地说："我都这么大年纪了，认字又不多，还玩什么智能手机？"我便告诉他，用了智能手机就能跟我和我儿子视频啦！

大概我爸希望可以看到外孙，于是他就像一个小学生似的认真地学习了起来，一个字母一个字母地认拼音，学打字……

我妈笑着跟我说："你爸学习的样子特别认真，他真心要做的事情，不吃不睡也要做好。"

后来有一天，突然有人申请加我微信好友，我点开一看，手机上显示：我是爸爸。我知道我爸成功了！

学会了用智能手机、用微信的他，几乎每天晚上都给我发视频，并且在我的每条朋友圈下点赞，也会看我写的文章，只是不知道该如何赞赏，因为我没告诉他需要绑定银行卡。

此后，再有什么事，他也不打电话了，而是直接在微信上跟我视频通话。

有一次我上完了语文课，一拿起手机，发现有两个我爸失败的视频请求，紧接着是一行文字：中午早点回家，我做香辣蟹。

我不禁一笑，觉得心里好暖。

而且，我爸下厨也是最近几年的事，之前的几十年他从来没做过菜，可当他下决心做家里的厨神的时候，他当真开始研究起菜肴来，把菜品做得色香味俱全，把一家人的胃养得享受且挑剔起来。

有一句话说得好："只要你去追求心中的梦想，不管年龄多大，开始得有多晚，都会给你带来不一样的丰盈的人生，人生没有太晚的开始。"

05

人生最痛苦的事情，不是失败，而是我本可以做，却没有做。

庆幸的是，我们都还如此年轻，我们所过的每一天，都是生命中最年轻的时刻。迟到总比不到好，与其花时间去挣扎、去纠结，不如趁现在就好好努力，向前出发！

所有新的开始，无论什么时候，都不算晚。

想阅读，现在就捧起好书。

想旅行，现在就迈开脚步。

想减肥，现在就控制口腹。

想创业，现在就理清思路。

…………

人生没有给我们太多光阴去蹉跎，与其徘徊迷茫，与其后悔观望，不如走在路上。

就像我很喜欢的一句英文谚语：种树的最佳时间是二十五年前，仅次于它的最佳时间是现在。

只要现在开始，一切都不算太迟。